SIGNÉ : PAPA

Couverture : Borislav Ignatov

© Jessica Triquenot 2023
Tous droits réservés.
ISBN : 979-8-38995-822-7
Dépôt légal : mai 2023

Signé : Papa

Jessica Triquenot

À toi, Papa.
Je t'aime plus fort que toutes les étoiles…
(Tu connais la suite.)

Sommaire

Préface ix
Introduction xi
1. La Jessica d'avant 1
2. Dans le déni 2
3. Une interview très spéciale 7
4. Après l'interview 17
5. Le lendemain 26
6. Sébastien 34
7. Une vidéo très spéciale 38
8. « Bateau, île » 42
9. « Embrasse les enfants » 47
10. Sens des mots 52
11. Synchronicités 74
12. « Validation » 83
13. Aparté ornithologique 87
14. Pie et Petit Prince 90

15. Miroir	96
16. Fréquence des signes, addiction	101
17. En parler autour de soi ?	104
18. Vers la spiritualité	112
19. Au « hasard » des rencontres	123
20. Pistes de réflexion	128
21. Comme un accord	137
Épilogue	141
Merci…	147
Avant de partir…	149

Préface

Le docteur Elizabeth Kübler-Ross, psychologue et spécialiste du comportement, a décrit les cinq étapes du deuil, qui suivent le choc et l'effet de sidération qui l'accompagne. Ces cinq étapes sont le déni (on refuse d'y croire), la colère (exprimée ou non), le marchandage (la négociation entre les faits et nos propres peurs), la tristesse (voire la dépression), et l'acceptation (l'intégration, la reconstruction et une nouvelle conscience de soi). Ces étapes ont des durées variables en fonction de chacun, et il peut nous arriver de faire des allers-retours entre plusieurs phases.

Les traumatismes, physiques et/ou psychologiques, que nous sommes malheureusement parfois amenés à vivre, s'enregistrent dans notre corps, dans notre inconscient. Ces champs d'énergie sont comme des structures gelées, enfermant les émotions négatives trop douloureuses. Alors nous essayons de nous en protéger, même si dans le quotidien cela nous limite ou nous bloque. Il existe plusieurs façons d'accéder en douceur à ces émotions, afin de les libérer, et nous permettre d'accéder à de nouveaux niveaux de conscience, avoir de nouvelles pensées, et adopter de nouveaux comportements, plus adaptés et plus vertueux. Le point commun de ces différents procédés est leur pouvoir de transformation, en brisant la solitude éprouvée lors de l'événement traumatisant, et en initiant un mouvement, là où il y avait de l'immobilité. C'est ce nouveau message envoyé au cerveau qui est incroyablement réparateur.

En précisant ces éléments de base que l'on expérimente notamment en psychologie énergétique, je souhaite rappeler ici que Pascal a suivi une formation en psychologie de l'enfant, qui l'a conduit à devenir ré-éducateur. Il tenait beaucoup à cette dénomination, il insistait d'ailleurs sur le « ré ». Je comprends mieux pourquoi à présent. Selon moi, c'est le même « ré » que celui de « réparateur » illustré juste avant.

Dans ce récit, Jessica nous parle avec authenticité, précision et pudeur de la façon dont elle a traversé certaines étapes de ce deuil, avec le procédé magnifique et original qui a été peu à peu proposé, au niveau des énergies subtiles, par son papa. Lorsqu'elle m'a spontanément parlé de l'expérience qu'elle a vécue, j'ai très vite effectué le rapprochement, ou plus exactement la connexion, entre ce qu'elle nous partage dans ce livre sur qui est Pascal, et sur les compétences qu'il a encore développées depuis 2007 et mises au service de sa fille. Pour réparer. Avec amour bien sûr, et aussi avec humour, souvent. Bien dans son style.

Jessica, je te remercie chaleureusement pour ce témoignage vivant et vibrant, pour ce travail documenté, pour ton sens inné de la pédagogie, et pour le message d'espoir, de confiance et d'amour que tu transmets.

Je vous souhaite beaucoup de plaisir et d'intérêt dans cette lecture.

Et je profite de l'occasion unique qui m'est donnée ici, de dire à Pascal : « Bien vu, c'est tout à fait toi ! Je t'aime, mon frère ! ».

Sébastien Triquenot,
Psycho-praticien en énergétique,
Certifié en technique de libération émotionnelle
(EFT clinique),
Frère de Pascal

Introduction

Les paroles s'effacent, les écrits restent. Voilà pourquoi il était essentiel pour moi de laisser une trace de l'expérience incroyable qui a pour toujours changé ma vie et ma vision de la vie.

La nécessité d'écrire me taraudait depuis quelque temps : j'avais fini par accumuler trop de notes, tantôt prises sur papier, tantôt entrées dans l'application bloc-notes de mon téléphone. J'avais aussi de nombreux messages vocaux, échangés avec Anne-Hélène et mon oncle Sébastien. Tout s'éparpillait. Il me fallait donc tout rassembler dans un même endroit, ce livre, afin que rien ne soit perdu.

Mes enfants sont petits, mais j'ai une si belle histoire d'amour à leur transmettre. Quant aux autres membres de ma famille, la majorité n'a pas encore connaissance de tout ce que vous allez découvrir au fil des pages. Parfois la glace est difficile à briser, alors je leur laisse le soin de me lire à leur rythme et si le cœur leur en dit. Je me tiens à disposition de ceux qui le souhaitent.

À l'heure où nous communiquons avec n'importe qui dans le monde d'un simple mouvement du doigt sur notre smartphone, j'ai inclus quelques extraits d'échanges qui ont rythmé ces derniers mois un peu fous, par messagerie interposée avec Anne-Hélène et mon oncle. Bien que tous trois séparés par des milliers de kilomètres (elle en Nouvelle-Calédonie, lui en France et moi en Australie), nous avons partagé des moments très intenses. Nos cœurs débordent de gratitude.

Au-delà des signes que j'ai reçus et dont la portée et l'interprétation restent personnelles, mon récit se veut, de façon plus universelle, porteur d'espoir, peut-être même d'apaisement pour les endeuillés que nous sommes tous un jour ou l'autre dans notre vie.

Enfin, je veux garder — et laisser — une trace de la façon dont mon système de pensée a évolué, dont ma spiritualité s'est révélée, et dont ma curiosité m'a portée à dévorer un grand nombre d'ouvrages, articles et vidéos dans une tentative, sinon de comprendre ce qu'est l'au-delà, au moins de comprendre où en est la recherche dans ce domaine, à quels fragments, hypothèses, retours d'expériences nous avons accès. Laissez-moi vous dire que c'est vertigineux. Et passionnant...

1. La Jessica d'avant

Je suis Jessica.
Fille très aimée de mes parents.
Grande sœur très aimée de mon petit frère.
Non baptisée, non croyante. Entendre parler de religion et tout ce qui y a trait me donne des boutons depuis toujours. Par exemple, je fais une allergie sévère aux statues et peintures religieuses, qu'elles soient exposées dans une église ou au Louvre.

La mort ? Un mot qui fait peur. Un trou noir, abyssal, qui avale les êtres aimés et transperce le cœur de ceux qui restent.

Après ? Il n'y a rien ! Comment pourrait-il en être autrement ? On est mort, c'est tout. Électrocardiogramme : plat ; respiration : nada. On se retrouve dans une boîte, sous terre. Clap de fin.

Les « je suis sûr·e qu'il te voit », « il sait », « il est fier de toi » sont des paroles que j'ai toujours rejetées en bloc. Niaises plus que réconfortantes. Merci de penser à ne pas me les resservir à mon prochain craquage.

2. Dans le déni

Dès le choc cataclysmique de l'annonce du décès de Papa, ce fut le silence. On ne prononça plus ni son prénom (Pascal) ni le mot « papa ». Quelques années plus tard, mariée à mon Australien, ce fut même un véritable soulagement pour moi d'utiliser l'équivalent anglais « daddy » lorsque nous avons à notre tour eu des enfants. J'évitais ainsi d'avoir à faire résonner ce mot qui refusait de passer mes lèvres sans me fendre le cœur. Les albums photos sont restés fermés, les bons souvenirs enfouis dans les quelques méandres de mon cerveau.

Les anecdotes qui suivent illustrent à quel point je suis longtemps restée dans l'évitement de tout ce qui pouvait me faire penser à Papa — en ne l'oubliant jamais pour autant.

*

Enceinte de notre petit Jaden, mon mari Henny et moi nous sommes posé la question du choix du deuxième prénom pour notre bébé. Nous avions déjà eu un mal fou à en trouver un que nous aimions tous les deux, alors deux ! Je pensais à Li, à la fois pour évoquer la moitié de descendance asiatique de notre bébé et pour faire écho au prénom de sa grande sœur Lili, mais nous n'étions ni franchement convaincus, ni d'accord

Signé : Papa

sur l'orthographe puisque mon mari préférait « Lee ». Exploitant une autre piste, j'expliquai qu'en France, on donne parfois à l'enfant les prénoms de ses parents ou grands-parents, en l'honneur de ceux-ci. J'ai donc suggéré à Henny d'utiliser celui de son papa, pensant que ma démarche le toucherait d'autant plus que ce dernier traversait alors de graves soucis de santé. Mais l'idée lui a semblé incongrue car elle n'est pas d'usage dans ses cultures de référence (australienne et chinoise). Restait bien Serge, le prénom de mon grand-père que j'ai beaucoup aimé, mais je n'étais pas fan de la consonnance. Nous étions donc dans l'impasse.

Le jour de l'anniversaire de Lili, soit un mois avant la naissance de son petit frère, je l'ai emmenée explorer le musée de Melbourne, où j'ai fait la connaissance et papoté quelques minutes avec une maman, française elle aussi et accompagnée d'une petite fille prénommée Pascale. Je retins de l'enfant que c'était une jolie blondinette. C'est tout !

Un ou deux jours plus tard, profitant d'un moment seule pour faire une petite promenade du soir, j'ai aperçu une femme traverser la rue au loin et pensé : « Tiens ! Elle ressemble à la maman de la petite Pascale ! »

Et là, le choc.

Pascal !

Mais comment est-ce que ça ne m'avait pas effleuré l'esprit plus tôt ? C'était impossible ! Comment n'avais-je pas fait le lien au musée en voyant la petite Pascale ? J'avais expliqué à Henny la tradition des prénoms de parents donnés en deuxième prénom, et suggéré avec le plus grand manque de cohérence le prénom de son papa d'un côté, le prénom de mon grand-père de l'autre, en faisant totalement l'impasse sur celui de mon papa à moi... Le sommet du refoulement était atteint et même dépassé. Ainsi, après huit mois passés à gamberger sans conviction sur des idées de deuxième prénom, l'évidence s'imposait soudain : il fallait que notre fils s'appelle Jaden Pascal, bien sûr. Il y aurait ainsi un petit bout de lui dans notre fils, tout comme il y avait déjà en Lili une référence en son souvenir[1].

C'est complètement chamboulée et les yeux rouges que je suis rentrée à l'appartement, demandant à Henny ce qu'il pensait du prénom Pascal :

« Bah, oui, moi dès que tu m'as parlé de deuxième prénom, c'est à celui-ci que j'ai toujours pensé !

— Mais ? Pourquoi tu ne m'as rien dit ?

— Parce qu'il fallait que ça vienne de toi ! »

Affaire réglée. Jaden Pascal. Mon mari est un grand sage. Et moi, très longue à la détente ! Après tout, il n'est pire aveugle que celui qui ne veut pas voir…

*

Lors de notre dernier séjour en France, invités à déjeuner chez mon oncle (le petit frère de Papa), Henny désigna une photo encadrée sur le buffet de la salle à manger et me demanda : « Qui est-ce ? » Étonnée qu'il ne reconnaisse pas ce visage si familier, je chuchotai : « C'est mon papa ! » en espérant, dans un réflexe de protection, que ni Maman ni mon petit frère n'aient entendu la question. On voit bien à la lumière de ce fait à quel point le sujet était devenu tabou. Si nous mettions tant de soin à l'éviter, c'est parce qu'il faisait toujours mal. Une plaie visible comme le nez au milieu de la figure, mais sur laquelle on prend mille précautions pour ne pas appuyer. L'absence est criante, les grandes douleurs muettes. On pleure

---

[1] Voir chapitre 5.

Signé : Papa

à l'intérieur et on prend sur soi pour ne pas risquer de rendre les autres plus malheureux. Ce n'est définitivement pas la meilleure approche, mais plus l'eau coule sur les ponts, plus il semble difficile de faire marche arrière ! Pourtant, il est évident que chacun de nous pense toujours à lui ; je m'aventurerais même à dire quotidiennement, avec la certitude de ne pas me tromper de beaucoup ! Résultat : onze ans après notre rencontre, mon propre mari n'avait jamais vu ni photo ni vidéo de mon papa. Il ne savait même rien de lui. Ce n'était pas faute d'avoir essayé de me questionner, désireux qu'il était de connaitre celui dont il avait épousé la fille, mais j'étais toujours restée obstinément muette sur le sujet.

Quelques jours plus tard, toujours lors de notre séjour en France et logés chez ma maman, dans la maison où nous avons grandi, Henny a entrepris de sauvegarder toutes les cassettes vidéo des films de notre enfance avant que l'épreuve du temps ne détruise irrémédiablement ces souvenirs dont les plus anciens remontent à quand j'avais tout juste quelques mois. Cela a pris des jours et des soirées entières de faire une copie numérique de chaque bande magnétique. Pendant tout ce temps, j'évitais de regarder l'écran de son ordinateur et, surtout, je lui avais demandé de couper le son car je me sentais incapable de voir Papa ou entendre sa voix. Il semble qu'en dehors de ma présence, Henny a tout de même pu le découvrir un peu, en témoignent ses mots dans la lettre qu'il me remit quelques jours plus tard, pour Noël. C'était une lettre d'amour dans laquelle il me disait à quel point il aurait aimé le rencontrer, et qu'il retrouve en lui (ou en moi, selon l'angle et l'ordre dans lequel on voit les choses) beaucoup de traits communs, ajoutant que Papa doit être fier de moi. Inutile de préciser que cette lettre m'a fait fondre en larmes...

Nous sommes rentrés en Australie un mois avant la

fermeture des frontières due au Covid 19, loin de nous douter à quel point l'année 2020 allait changer nos vies.

3. Une interview très spéciale

J e suis professeure de Français Langue Étrangère, c'est-à-dire que j'enseigne le français à des apprenants dont ce n'est pas la langue maternelle. Enseigner, expliquer, partager est une seconde nature, une vocation qui coule dans nos veines dans la famille côté paternel puisqu'elle y compte plusieurs professeurs : Papa (tiens donc !), sa sœur, ma cousine… et moi bien sûr. Ce métier m'a permis de combiner mon amour des langues et de l'enseignement avec ma soif de découverte du monde, car il permet de travailler dans les écoles et centres de français du monde entier.

En 2009, je vivais et travaillais en Chine depuis tout juste un an quand j'ai rencontré Henny au cours d'une escapade à Hong Kong. Nous étions tous deux de passage, il venait d'Australie et je m'y suis installée avec lui l'année suivante. Nous sommes aujourd'hui mariés et parents de deux enfants (merveilleux, cela va sans dire !). J'ai vite décidé de travailler à mon compte pour pouvoir me rendre disponible pour eux et les voir grandir au quotidien. En 2014, j'ai lancé le premier de mes deux podcasts, « French Voices », dans lequel j'interviewe des locuteurs francophones sur leur passion ou profession. Le but est d'aider mes auditeurs à progresser dans leur compréhension de la langue de Molière en les exposant à une grande variété de tranches de vie, de registres de langues et d'accents. J'ai par exemple interviewé un pilote de ligne, un planétologue, un amateur de 2CV, un consul, une boulangère, un producteur de champagne, un navigateur, un virologue, un pianiste, une productrice de vanille… et bien d'autres encore. Si ce podcast est un excellent moyen d'apprentissage pour mon auditoire, j'adore aussi l'animer car il me permet moi-même d'aborder une quantité de sujets hétéroclites et de faire de belles rencontres au passage.

C'était justement le cas le 9 septembre 2020 : j'avais rendez-vous en visioconférence pour enregistrer une interview avec une certaine Anne-Hélène Gramignano, jeune femme médium vivant à Nouméa et dont le récit autobiographique, *L'Infini Espoir*, rencontrait un succès inattendu. Ne connaissant rien à la médiumnité, c'était une opportunité comme je les aime de satisfaire ma curiosité naturelle. Il se trouve que ce n'est pas seulement avec Anne-Hélène que j'avais rendez-vous ce jour-là, mais cela, je l'ignorais encore totalement…

J'aurai l'occasion de revenir plus en détails[2] sur les circonstances de notre rencontre ; pour le moment, sachez simplement qu'elle m'avait envoyé son livre suite à ma prise de contact initiale, suggérant que je le lise avant notre interview. Dès les premières pages, Anne-Hélène y parle des Anges, selon qui elle aurait reçu et accepté la mission d'écrire ce livre. Il y est également question de Dieu, de prières, d'église… Allons bon, j'allais devoir faire abstraction de mon allergie à ces termes pour m'intéresser au message de fond. En temps normal, *L'Infini Espoir* n'aurait jamais pu atterrir entre mes mains. En dépit de cela et des phénomènes bizarrissimes décrits dans le livre, j'avais immédiatement senti Anne-Hélène sincère et saine

---

[2] Voir chapitre 19.

Signé : Papa

d'esprit. Il me fallait donc en savoir plus !

À l'heure convenue, je découvris à l'écran un joli petit bout de femme, la quarantaine, mère de famille recomposée de six enfants, radieuse et aussi souriante que sa voix l'avait laissé entendre au téléphone.

Je présentai brièvement l'épisode de podcast en ces mots, qui s'adressaient en vérité autant à mes auditeurs qu'à moi-même : « Alors, je vais commencer par un petit message pour les auditeurs de French Voices qui n'auraient pas écouté l'introduction que je fais en anglais. Quand vous allez écouter cet épisode, en plus d'ouvrir vos oreilles pour capter de nouveaux mots de vocabulaire et travailler votre français, je vais vous demander aussi d'ouvrir votre esprit parce que les sujets qu'on va aborder touchent à tout ce qui est ésotérique, surnaturel. Alors, libre à vous de croire ou de ne pas croire aux concepts qu'on va aborder, mais voilà ! Je vous invite vraiment à ouvrir votre esprit à des potentialités qui sont au-delà peut-être de ce que notre cerveau est capable de comprendre. Et, donc j'accueille sur ce podcast Anne-Hélène Gramignano. »

Nous avons poursuivi de façon assez classique sur une courte présentation d'Anne-Hélène et la façon dont elle avait remarqué sa faculté de pouvoir capter des messages de défunts. Suivirent quelques anecdotes assez cocasses bien qu'embarrassantes pour Anne-Hélène, qui tira les cartes à une époque et se retrouva à plusieurs reprises dans un véritable vaudeville, consultée successivement par la maîtresse, le mari et la femme trompée suspectant d'adultère ce dernier...

Puis, au moment-même où Anne-Hélène entra dans le vif du sujet de la médiumnité, par ces mots :

« J'avais vraiment coupé avec la voyance et je m'étais rendu compte que ce qui me rendait le plus heureuse dans ma vie, c'était le contact ; passer le message des personnes décédées.

Réparer en fait. Les personnes décédées qui n'avaient pas pu dire... »

Elle s'interrompit soudain et parut perturbée ; sa voix se troubla également.

« Je suis très émue parce qu'après, tu couperas si tu veux mais je ressens vraiment la présence de ton papa, là. C'est très très fort. Et du coup, ça m'émeut beaucoup. »

Le voilà, ce moment où ma vie a basculé à jamais.

*

Anne-Hélène tenta de reprendre le fil de sa pensée, décrivant exactement les circonstances du décès :

« Et donc, voilà ! Réparer les choses qui n'ont pas pu être dites surtout quand il y a eu des morts violentes, on ne s'y attend pas. Quand il y a un décès comme ça qui arrive subitement, il y a des choses qui n'ont pas été dites. Et... »

Saisie d'un nouveau trouble, Anne-Hélène essaya encore de poursuivre :

« On essaiera d'en parler tout à l'heure... Je vais essayer de ne pas... Voilà ! Bref, et donc, on est le 31 décembre 2014. Les Anges m'apparaissent à nouveau dans mon jardin et ils me disent : "Nous avons besoin... Nous..." Excuse-moi je suis vraiment perturbée ! C'est par rapport à ce que je viens de te dire... [...] On peut couper ? »

Nous avons évidemment fait une pause dans notre interview, mais j'ai laissé tourner l'enregistrement et ainsi conservé la trace de ce moment. Selon Anne-Hélène, Papa insistait beaucoup, il répétait : « J'ai quelque chose à dire à Jessica. Il faut que je parle à Jessica ! » Lors d'un contact avec un défunt, Anne-Hélène entend les messages par télépathie, c'est-à-dire qu'elle reçoit des pensées, toujours au niveau de son

Signé : Papa

oreille gauche, comme elle me l'expliqua plus tard. J'ai trouvé par la suite d'autres témoignages de médiums qui se rejoignent sur ce fait. On remarque effectivement sur l'enregistrement vidéo qu'elle fait à plusieurs reprises un geste de la main, au niveau de sa tempe et de son oreille gauches lorsqu'elle m'expose les raisons de son trouble. Il lui était impossible de continuer à me parler tout en étant constamment interrompue. Si vous êtes parent, vous savez ce que c'est que d'essayer d'avoir une conversation pendant que vos enfants vous tournent autour avec quatre mille questions urgentes !

Anne-Hélène s'est sentie très gênée à l'idée d'avoir perturbé le bon déroulement de mon podcast, elle s'en est excusée maintes fois par la suite, mais avait dû abdiquer devant l'insistance de Papa... Fort heureusement ! Ils auraient pu perdre ce fragile contact. Pour vous faire une idée, c'est comme si vous essayiez de vous caler sur la fréquence d'une station de radio délicate à capter, en tournant la molette de réglage de fréquence de votre poste. Si vous manquez le coche ou que le signal devient trop faible, vous perdez la réception. Cette image explique bien ce qui entre en jeu dans la médiumnité, où tout est question de vibrations, de fréquence, d'énergie.

En fait (et au fait !), qu'est-ce qu'un médium ? Mettons de côté les charlatans et intéressons-nous au sens étymologique du terme : il vient du latin *medius*, qui signifie « central », « au milieu », tout comme les noms « médiane » ou « médiateur ». Une personne médium est donc un intermédiaire, qui sert de canal de communication entre différents plans vibratoires : entre le « monde des vivants » et celui que l'on peut appeler « de l'invisible », « des défunts », ou « l'au-delà ». Tout comme nous avons chacun des facultés plus ou moins développées, par exemple la fameuse « bosse des maths » ou encore l'oreille musicale, un médium a des perceptions extrasensorielles[3] accrues, ce qui lui permet de capter des fréquences / vibrations / énergies auxquelles nous ne sommes pas réceptifs. Cette définition démystifie peut-être bien des choses, si vous vous figuriez un stéréotype de Madame Irma opérant dans une pièce sombre avec des corbeaux empaillés, des têtes de morts et des rites étranges !

Pardonnez-moi les quelques digressions qui interrompent mon récit ; je les crois essentielles à la compréhension de base de la médiumnité, de la situation et du mode de fonctionnement d'Anne-Hélène. D'ailleurs, pour tout vous avouer, je n'aurai pas d'autre scoop à vous annoncer dans ce chapitre : le message que Papa voulait me faire passer était personnel et le restera.

Anne-Hélène me demanda si j'avais une photo de Papa à lui montrer. Rappelez-vous, j'avais été dans l'incapacité d'ouvrir le moindre album photo depuis treize ans. Cependant il me fallait embrasser cette opportunité si inattendue et précieuse, me laisser guider par Anne-Hélène et, surtout, ne pas fermer la porte à cet échange. Je fouillai donc pour la première fois dans les archives de mon ordinateur et retrouvai un portrait.

Certains médiums préfèrent travailler à partir d'une photo du défunt, tandis que d'autres s'en passent très bien. C'est le cas de Déborah Bénisty, médium à la personnalité détonante qui dit toujours que ça la fait bien rire quand d'autres médiums demandent une photo, arguant que, si elle est au téléphone avec sa mère, elle n'a pas besoin de regarder une photo d'elle pour être certaine que c'est bien avec elle qu'elle communique.

---

[3] Encore un terme qui semble mystique, mais qui signifie simplement : qui ne ressort pas des cinq sens / organes de la perception que sont l'ouïe, la vue, l'odorat, le toucher et le goût. (extra = en dehors ; sensoriel = ce qui fait appel aux sens.)

Alors, qu'en est-il ? La demande de photo est-elle un critère permettant de différencier les « vrais » médiums des imposteurs ? Je ne le crois pas. Certes, une photo peut aider certains prétendus médiums, consciemment ou inconsciemment, car l'étude des traits du visage et du regard d'une personne sont souvent révélateurs de sa personnalité. Un brin d'observation et de psychologie suffisent ; c'est d'ailleurs une technique bien connue des mentalistes, bluffante pour les spectateurs. J'ai eu l'occasion de demander à Anne-Hélène en écrivant ce livre pourquoi elle avait eu besoin d'une photo. Pour elle, la photo l'aide à se concentrer et à maintenir un certain niveau d'énergie. Sans support photo, pour des raisons qu'elle est bien en peine d'expliquer elle-même, son énergie s'épuise plus vite, comme une pile qui se décharge[4], et il lui est difficile de maintenir aussi longtemps le contact. Chaque médium est unique dans son fonctionnement et dans sa faculté de perception ; ainsi certains voient les défunts mais ne les entendent pas, tandis que d'autres les entendent mais ne les voient pas ; certains reçoivent seulement un prénom en guise d'information, tandis que d'autres (comme Déborah citée plus haut) sont capables de rapporter des anecdotes extrêmement précises qui ne peuvent être connues que du défunt et de la personne endeuillée. Anne-Hélène, quant à elle, ressent des émotions, elle reçoit les messages d'amour et les messages

---

[4] J'ai en effet trouvé à plusieurs reprises dans mes lectures et visionnages des références à des appareils électriques/électroniques qui s'étaient déchargés d'un coup lors d'un contact (recherché ou spontané) avec un défunt. Les défunts utilisent des supports énergétiques pour se manifester, d'où de nombreux témoignages où il est question de lumières qui clignotent, d'appareils qui se mettent en marche ou encore, le principe de la TCI (Transcommunication Instrumentale), où des voix sont enregistrées sur bande magnétique par exemple.

réparateurs que les défunts lui demandent de transmettre.

Anne-Hélène ressentait donc très fortement la présence de Papa. En plus de l'entendre, sa présence se manifestait aussi physiquement dans la pièce sous la forme d'une silhouette, une ombre. Pendant les vingt-cinq minutes qui suivirent, un dialogue hors du commun s'établit entre Papa et moi, via Anne-Hélène, transformée pour l'occasion en poste de radio humain, réceptrice et passeuse d'informations qui furent... ô combien réparatrices. J'ai fini épuisée par ce tsunami d'émotions auquel je n'avais pas été préparée et qu'il allait me falloir digérer au cours des semaines à venir, mais à ce moment-là, un poids s'est définitivement levé de mes épaules... et de celles de Papa, lui aussi apaisé d'avoir pu me dire ce qui lui tenait tant à cœur.

De la même façon qu'Anne-Hélène avait été saisie d'un grand trouble lorsque Papa s'est manifesté, je sentis enfin la tension et l'émotion auxquelles elle avait été en proie se dissiper comme de la brume. Le message était passé, Papa était reparti, Anne-Hélène était de nouveau « comme avant » et prête à continuer l'interview, qu'elle put d'ailleurs reprendre à la phrase exacte où elle s'était arrêtée ! Pour ma part, j'aurais bien été incapable de dire où nous en étions...

J'anticipe votre question : oui, Anne-Hélène savait que Papa était décédé. Je l'avais mentionné hors interview mais étais restée très évasive, comme toujours. Nous avions discuté d'un passage de *L'Infini Espoir* que j'avais trouvé douloureux à lire en tant qu'endeuillée ; elle savait donc que Papa était mort mais ne connaissait aucun détail. Elle avait senti que je ne souhaitais pas en parler, tout comme chacun me l'avouera plus tard, quand j'ai commencé à m'ouvrir et partager mon expérience.

Quand on repense en boucle à un moment aussi chargé en émotions que celui que je viens de relater, il peut vite devenir difficile de faire la distinction entre les mots réellement échangés et le discours que l'on en retient. Afin de m'assurer que je n'avais rien inventé-extrapolé-déformé, et profitant de cette chance d'avoir tout enregistré, je décidai deux jours plus tard de réécouter l'enregistrement et le retranscrire. Ce que j'entendis dépassa même ce que mon esprit confus se rappelait : quand Anne-Hélène me retransmettait les paroles de Papa, j'étais frappée d'entendre ses mots à lui ; il me suffisait de substituer le pronom « il » par « je » pour le reconnaitre complètement. Stupéfaite, je retrouvai l'essence de notre relation qui s'exprimait dans ces mots !

J'avais plus ou moins imposé à Henny de rester à mes côtés pendant la réécoute, car j'appréhendais d'être complètement dépassée par mes émotions et avais besoin de sa présence. Courageux (ou plutôt aimant) mais pas téméraire, il avait accepté de me tenir compagnie à condition que je diffuse seulement l'enregistrement audio et pas la vidéo. Henny croit aux esprits et devait redouter de voir une forme de spectre ou tout autre élément effrayant à l'écran ! Pendant le long moment que je passais à écouter, pleurer et retranscrire, Henny pianotait sur son ordinateur en tendant une oreille distraite. Il ne pouvait évidemment pas reconnaitre la façon de s'exprimer de Papa ; d'une part parce qu'il ne l'a jamais connu et d'autre part parce qu'il n'a pas une maitrise du français suffisamment subtile pour pouvoir appréhender les différents registres de cette langue. Il admit en revanche qu'il ne s'était rien passé d'effrayant mais qu'il avait ressenti beaucoup d'amour. Il ajouta : « En tout cas, ce que je vois, c'est que ça provoque en toi une émotion que je ne serai jamais en mesure de comprendre ». Cette remarque resta gravée dans ma mémoire car elle résumait très justement ce que je vivais : une expérience profondément intime et difficilement communicable.

J'ai publié l'interview d'Anne-Hélène pour French Voices sur ma chaîne YouTube[5] après avoir coupé au montage les passages personnels. J'y apparais les yeux rouges et bouffis mais ai choisi de la conserver pour faire passer un message supplémentaire, à savoir qu'il ne faut pas craindre de montrer notre vulnérabilité, d'exprimer nos émotions et de pleurer en public. Combien de personnes en souffrance essaient de donner le change — au détriment de leur santé mentale. Si cette vidéo peut inspirer ou apaiser une personne endeuillée ou en plein questionnement existentiel (en plus de la faire progresser en français !), j'en serai heureuse. Si vous recherchez le passage où Anne-Hélène capte la présence de Papa, il se situe à la vingt-troisième minute. Détail amusant, l'épisode dure 46 minutes. On peut donc littéralement dire qu'il s'est invité en plein milieu de l'interview... Lorsqu'on connait la fierté qu'il a toujours eue pour ses enfants, son soutien et sa présence sans faille dans nos projets, cela n'est finalement pas étonnant. Papa, tu es et resteras sans conteste possible l'invité le plus spécial de mon podcast !

---

[5] « L'infini Espoir, autobiographie d'une médium : Anne-Hélène Gramignano », French Voices Podcast, ep.119 : https://www.youtube.com/watch?v=UoXmT4KdCYs

4. Après l'interview

Ma longue entrevue avec Anne-Hélène achevée, j'ai rejoint ma petite famille dans la cuisine pour raconter ce que je venais de vivre à Henny. Inutile, je pense, de vous dire à quel point j'étais chamboulée. Mon mari, qui ne s'attendait pas à ce que je puisse changer un jour d'opinion sur l'après-vie et encore moins de façon aussi soudaine, comprit tout de suite à ma mine et ma conviction absolue quant à l'authenticité d'Anne-Hélène[6] que mon expérience marquerait le début de longs questionnements qui allaient me transformer en profondeur. Il eut une phrase qui me marqua par sa justesse : « Si je comprends bien, il y avait la Jessica d'avant aujourd'hui, et il y aura la Jessica d'après. »

Ne sachant comment encaisser et gérer les émotions intenses qui me submergeaient et dans l'incapacité totale de donner mon attention aux enfants, Henny et la télévision ont dû prendre le relai jusqu'à leur coucher. Je tournais en rond. J'avais à la fois besoin de silence et de parler. Évidemment,

---

[6] J'ai déjà parlé de mon ressenti. Je voudrais ici ajouter un détail (et pas des moindres) qui illustre et renforce selon moi le caractère désintéressé d'Anne-Hélène, à savoir que ses consultations sont gratuites. Elle reçoit peu, prenant sur son temps personnel et familial pour apporter son aide en faisant passer les messages des défunts et des vivants dans le besoin.

impossible de mettre mon esprit en veille. C'est dans ce contexte, environ deux heures après l'interview, que je demandai à Henny, tout à fait inopinément : « Mets-moi la vidéo de l'audition de Vincent Vinel ! »

Vincent Vinel est un jeune chanteur et musicien découvert dans la saison 6 de l'émission de télé-crochet « The Voice : la plus belle voix » en 2017. Henny m'avait fait découvrir l'audition de ce candidat talentueux sur internet plusieurs mois auparavant. Et puis je l'avais oubliée, jusqu'à ce soir-là.

Il mit une éternité à lancer la vidéo, du moins ce qui me sembla une éternité compte tenu de mon tumulte intérieur et de l'urgence à m'occuper l'esprit ; cela doublé du fait que je pouvais voir dans ses résultats de recherche plusieurs liens vers l'extrait que je souhaitais si soudainement écouter. Mais Henny farfouillait encore, passa par le site de TF1, sur lequel il dut créer un compte après s'être connecté via un VPN[7]… J'étais exaspérée. La vidéo sur laquelle il cliqua enfin comportait, en plus de la prestation de Vincent Vinel, les réactions du jury, bref la séquence émotion destinée à mettre la larme à l'œil dans les chaumières. Je sais que Henny est friand de ces réactions ; pour ma part ce n'était pas la partie qui m'intéressait puisque je voulais simplement écouter la chanson. À la fin de son morceau, Vincent révèle son handicap visuel qui l'empêche de voir le jury, dont les membres, Matt Pokora, Florent Pagny, Zazie et Mika viennent alors le rejoindre pour engager les présentations et le dialogue. À un moment, la caméra montre un plan de Mika. Ce n'est pas la première fois que le chanteur apparaît dans l'extrait, mais c'est exactement à ce moment-là

---

[7] La fameuse chaine télévisée française n'étant pas disponible depuis l'étranger pour une question de droits de diffusion, il faut recourir à cette petite ruse technique bien connue des expatriés pour y avoir accès.

que je pense « le CD de Mika ». Le CD de Mika, c'est un souvenir du dernier jour où j'ai vu Papa. Lui et Maman étaient venus me retrouver pour la journée en Normandie où j'avais décroché un job d'été. C'était mon jour de congé et nous l'avions passé ensemble dans la bonne humeur. Dans la voiture, après m'avoir raccompagnée, Papa m'avait tendu son CD de Mika, album que j'aimais beaucoup et lui empruntais tout le temps. « Celui-là, il s'appelle reviens ! », m'avait-il dit. Je n'ai jamais pu le lui rendre…

Mais revenons à notre vidéo. Alors que je pensai : « le CD de Mika », je fus stupéfaite d'entendre le prénom « Pascal » dans la foulée. Deux fois ! Message reçu cinq sur cinq. Il s'agissait d'un test, j'en fus absolument et instantanément certaine. J'aurai l'occasion d'y revenir par la suite, mais un signe foudroie comme une évidence, il vous convainc de tout votre être sans exiger de raisonnement logique.

Une fois les enfants couchés, je relatai l'évènement à Henny. Il eut un blanc de quelques secondes, se leva, remit la vidéo, put constater que je n'avais pas été en proie à une hallucination auditive, puis vint se rasseoir près de moi, l'air abasourdi. Il en faut beaucoup pour impressionner Henny, j'étais donc moi-même surprise de le voir ainsi : « Mais… cet extrait avec les réactions n'est pas disponible sur YouTube[8] ! Je voyais bien que tu bouillais d'impatience, mais quelque chose m'a poussé à rechercher ce lien précis… » Une précision s'impose ici : l'extrait en question existe en fait bien sur le célèbre site web d'hébergement de vidéos mais nous l'ignorions à l'époque car la configuration de notre VPN filtrait les résultats de recherche

---

[8] Si votre zone géographique vous permet de lire cette vidéo, en voici le lien : « Vincent Vinel - The Voice 2017 » :
https://www.youtube.com/watch?v=9VbmyPvZS7g
Le passage se situe à 3 minutes 44 secondes.

pour une question de droits de diffusion. Bref, Henny avait recouru à la seule méthode possible pour accéder à cette vidéo spécifique montrant la suite de la prestation. Je ne lui en avais pas demandé tant ; il aurait facilement pu trouver une vidéo de la chanson seule, ce que j'attendais mais ne m'aurait pas permis d'entendre « Pascal ».

En fait, Mika avait été si impressionné par la prestation de Vincent qu'il n'avait pas fait attention lorsqu'il s'était présenté et lui avait redemandé son prénom. Avec beaucoup d'autodérision sur sa condition de malvoyant, le jeune talent lui avait alors répondu : « Vincent. Et toi, Pascal ? », en référence à Pascal Obispo, membre du jury dans d'autres saisons de l'émission. Cette plaisanterie amusa beaucoup Matt Pokora qui s'en fit l'écho (« Pascal, il a dit ! »), d'où la seconde occurrence. Les acclamations du public chevauchent une partie de l'échange, ce qui peut distraire une oreille non avertie, mais tout juste deux heures après l'interview, cette « coïncidence » fit son petit effet !

Ce n'est pas fini.

Je décidai de m'isoler dans la cuisine pour pouvoir téléphoner à Maman et me confier à elle. Henny me demanda un moment, le temps qu'il se prépare un thé avant de me laisser tranquille. Toujours aussi agitée, j'ai pris mon téléphone, direction Facebook pour tuer ces quelques minutes qui me semblaient interminables. En faisant défiler les publications d'un mouvement de doigt, je suis tombée sur celle d'une expatriée habitant notre quartier qui revendait quelques livres en français, chose courante sur ce groupe de Francophones de Melbourne et qui met tout le monde à l'affût : les livres pour enfants notamment sont très recherchés ici et pris d'assaut sitôt la publication postée. L'offre que je consultais ce soir-là concernait des romans pour adultes ; j'y jetai un coup d'œil rapide mais me souviens m'être fait la réflexion de ne pas en avoir besoin de nouveaux tant ma bibliothèque croule sous les lectures en attente. Je me souviens de surcroît avoir pensé que ces bouquins étaient de la vraie littérature de gare et que je perdais mon temps. J'aurais donc d'ordinaire arrêté là mon inspection mais, mue par la nécessité de m'occuper l'esprit jusqu'à ce que Henny sorte enfin de la pièce, j'ai continué à faire défiler les photos des couvertures de ces livres qui ne m'intéressaient pas. Quand il m'a sauté au visage.

Le premier roman de Marc Levy : *Et si c'était vrai...*

Il y a, bien sûr, le titre. J'aurais pu simplement remarquer « Tiens, un Levy ! Je l'ai déjà lu, celui-là. » Mais non ; ce fut un véritable électrochoc. Il a résonné en moi comme si quelqu'un me parlait. Un autre message ! Et si c'était vrai ? Oui, j'en suis sûre maintenant...

Plus fort : Papa connaît ce livre. C'est même lui qui m'en avait recommandé la lecture !

Encore plus fort : le roman raconte l'histoire d'un jeune homme, Arthur, qui se retrouve malgré lui à communiquer avec l'esprit de Lauren, la précédente locataire de l'appartement où il vient d'emménager. Le corps physique de la jeune femme se trouve à l'hôpital, dans un coma jugé irréversible par les médecins. D'abord abasourdi et refusant de croire à ce qui lui arrive, Arthur finit par se rendre à l'évidence devant les preuves avancées par Lauren et accepte d'essayer de l'aider à la maintenir en vie. Un fort lien d'amour se tisse entre leurs deux réalités... En plus de soulever la question passionnante de la relation entre la conscience et le corps — que ce soit en général, lors d'un coma, d'une expérience de conscience modifiée ou après la mort physique — vous avouerez qu'un tel titre doublé d'un tel synopsis, ça ne s'invente pas ! Je suis allée chercher le livre dès le lendemain, en souvenir cette journée folle.

Et ce n'est pas fini.

Je n'ai quasiment pas fermé l'œil cette nuit-là. J'essayais tant bien que mal de glisser vers le sommeil, mon écouteur vissé à l'oreille avec un podcast, rituel devenu nécessaire à mon endormissement depuis longtemps. J'écoutais « Les Grosses Têtes », émission animée par Laurent Ruquier (que Papa aimait beaucoup) et j'étais en train de me demander si j'allais recevoir d'autres signes lorsque mon podcast s'arrêta brusquement. Je dus reprendre mon téléphone et appuyer manuellement sur lecture pour en reprendre l'écoute, ce qui me troubla et que je ressentis comme un troisième signe. Décidément !

Et ce n'est pas fini.

Vers deux heures et demie du matin, toujours en grande difficulté pour trouver le sommeil et toujours avec « Les Grosses Têtes » pour me tenir compagnie lors de cette longue insomnie, je glissais enfin vers le sommeil. Victoire ! Mon esprit somnolant n'entendait plus les chroniqueurs, je m'abandonnais dans les bras de Morphée... lorsque j'en fus arrachée par une sonnerie de téléphone en tout point semblable à la mienne. Le son était légèrement étouffé, tout en étant proche. Et ce n'était pas mon téléphone. « Peut-être les nouveaux voisins du dessus... Curieux, leur téléphone qui sonne à cette heure-ci... Ou alors, c'est un membre du public qui assiste à l'enregistrement de l'émission et qui a oublié de l'éteindre ? Il va s'attirer des ennuis ! », pensai-je. Cette sonnerie me sortit donc de ma torpeur[9] et me fit dresser l'oreille… pile au moment où j'entendis le mot « médium ». Tout cela était si improbable ! J'ai par la suite réécouté l'épisode et ai bien retrouvé ce passage ; il s'avère que le chroniqueur Jeanfi Janssens venait d'acheter un appartement et expliquait au reste du plateau qu'il allait faire intervenir un médium, capable de détecter les présences de défunts et éventuellement « nettoyer » le lieu… Je n'ai en revanche jamais retrouvé la sonnerie. Je suis pourtant convaincue de l'avoir entendue puisque c'est elle qui m'a réveillée ! Cela me dépita un peu sur le coup ; comme si une « preuve » s'envolait. Les voisins du dessus ont-ils reçu un appel ou mis leur alarme en pleine nuit ? Ou est-ce que c'était autre chose ? Un phénomène de clairaudience… Je n'ai aucune peine à le croire désormais. Pour les cartésiens, il reste encore à expliquer cette énième synchronicité, avec le mot « médium ».

Un fait similaire se produisit des mois plus tard, en juin 2021, alors que j'écoutais la même émission lors d'une nouvelle insomnie. Cette nuit-là, Les Grosses Têtes commentaient la naissance de Lilibet alias Lili, deuxième enfant du Prince Harry et de Meghan Markle. Souvenez-vous, notre fille s'appelle Lili aussi. Alors que les chroniqueurs faisaient mention du prénom « Lili », le son se mit à grésiller terriblement et à devenir très fort. Je pris mon téléphone et m'aperçus que le curseur du volume avait monté de moitié. Je le rabaissai. Quand j'en fis

---

[9] Ayant revérifié la définition de « torpeur » afin d'être certaine de qualifier mon état avec justesse, je note avec intérêt que cet engourdissement « tient en état de semi-conscience, de somnolence, et prédispose à l'assoupissement. » (Définition du Centre National de Ressources Textuelles et Lexicales). Le terme « semi-conscience » attire particulièrement mon attention, puisque mes recherches ultérieures tendront à indiquer que cet état est propice à la perception et au vécu de phénomènes inexplicables.

part à Henny, il me répondit que c'étaient sans doute mes écouteurs qui étaient défectueux… Je suis certaine que ce n'est pas le cas, car cela ne m'était jamais arrivé…et ne s'est pas non plus reproduit depuis.

*

> *« La période nocturne est l'une de celles que le monde invisible privilégie pour se manifester. Il ne peut toutefois intervenir que durant deux phases du sommeil. La première est celle de l'endormissement, parce qu'au sens propre du terme, nous nous relâchons enfin. […] À cet instant précis, le mental baisse sa garde, et l'Univers peut enfin se connecter à nous. […] L'endormissement est le moment privilégié par leurs chers disparus pour témoigner de leur présence. »*
>
> *(Anne Tuffigo[10])*

*

Récapitulons :
1. l'interruption de Papa en plein milieu de mon interview ;
2. un message réparateur et ô combien émouvant ;
3. un virage à 180 degrés dans mes croyances. Balayées, ébranlées, fracassées en un instant et irrémédiablement

---

[10] TUFFIGO, Anne, *Il suffit parfois d'un signe : Rêves, synchronicités, prémonitions, déjà-vu… Apprenez à les décrypter pour mieux vous connaître et développer votre intuition*, éd. Albin Michel, 2021.

       remplacées par la conviction de la survivance de l'âme ;
4. le prénom Pascal dans la vidéo ;
5. le titre *Et si c'était vrai…* ;
6. mon podcast qui s'arrête ;
7. la mystérieuse sonnerie suivie du mot « médium ».

Ça fait beaucoup à digérer en l'espace de quelques heures, non ? Croyez-moi, ça secoue pas mal ! Et j'étais loin de me douter de toutes les surprises et révélations qui m'attendraient encore dès le lendemain et dans les semaines qui suivirent.

Pour l'heure, je tentais désespérément de grapiller un peu de sommeil et lançais mentalement à l'attention de Papa : « Ok, j'ai compris ! Je reçois tes signes, c'est super. Par contre, il faut que je dorme, je vais être trop fatiguée, là ! » Je m'assoupis enfin deux heures.

5. Le lendemain

Le choc psychologique de la veille doublé d'une nuit quasi blanche eurent sur moi le même effet que lorsque nous effectuons le voyage entre la France et l'Australie : cette impression familière d'avoir subi trente heures de voyage et dix de décalage horaire. Vous connaissez peut-être vous aussi ces troubles plutôt désagréables : les yeux qui piquent et peinent à rester ouverts, le cerveau empaqueté dans du coton et incapable de traiter des informations simples à vitesse normale, voire du tout. En somme, je n'étais absolument pas fonctionnelle pour assurer la journée avec les enfants. Par chance, Henny pratique le télétravail ; merci à lui d'avoir à nouveau pris le relai ! Fait désespérant : malgré plusieurs tentatives de sieste tout au long de la journée, je n'arrivai pas à fermer l'œil. Pas une seule minute ! Dans le brouillard, je ne parvenais pas à trouver l'interrupteur pour mettre mon esprit sur *off*. Il ne faisait que répéter en boucle : « Papa est là ! Il est toujours là ! »

Focalisée sur les évènements de la veille et de la nuit, je n'ai pas du tout cherché à remonter le passé pour y chercher des signes au risque de tout surinterpréter. Je tiens à le préciser car c'est important pour ce qui suit. Ce matin-là, plusieurs pensées troublantes me vinrent à l'esprit. Elles s'imposaient d'elles-mêmes, sans que j'y pense, et revenaient de façon lancinante. Comme une petite tape sur l'épaule qui dirait : « Hé ! Maintenant que tu peux comprendre, que vas-tu faire de moi ? »

Tout d'abord, il y eut une pensée furtive qui m'avait traversée la veille et que j'avais oubliée dans la seconde. Vous l'aurez compris, ma démarche lorsque j'ai contacté Anne-Hélène était motivée par mon désir de créer du contenu pour mon podcast ; cependant à aucun moment il ne m'était venu à l'esprit de lui demander quoi que ce soit de personnel. Je ne voulais pas parler de Papa, c'était trop douloureux. Je ne me serais pas sentie prête. J'aurais eu peur, aussi. Invoquer les esprits, tout ça… Et enfin il y a le fait que je pensais qu'une consultation médiumnique se faisait en présence physique du médium, dans la même pièce ; en l'occurrence, des milliers de kilomètres me séparaient d'Anne-Hélène. Pourtant, ce lendemain je me suis revue au matin de l'interview. Je venais de me lever, me tenais à côté de ma table de chevet et la pensée suivante m'était venue à l'esprit : « Aujourd'hui, j'interviewe une médium, alors si tu veux me parler [ou était-ce « s'il veut me parler » ?], c'est maintenant. Le canal sera ouvert. » Aussitôt formulée, cette pensée s'était s'envolée pour ne revenir à moi que 24 heures plus tard — et que de changements entre temps ! Je m'interroge aujourd'hui sur son origine : cette pensée était-elle bien de moi ? Ou était-ce un message qu'il m'a soufflé ? Pourquoi également cette amnésie temporaire ? Le doute est permis.

*

Quelques mois auparavant, entre deux confinements « sanitaires », j'étais sortie retrouver une amie en ville pour dîner. Pas très sûre de moi au volant, encore moins le soir, en ville, et par temps de pluie comme c'était le cas, j'ai simplement rapproché la voiture de l'arrêt du tramway qui m'emmènerait directement au centre de Melbourne. L'arrêt se trouvant sur la voie médiane d'une grande route, j'attendais patiemment au feu le signal pour traverser en toute sécurité. J'avais noté du coin de l'œil la présence d'un véhicule dont le clignotant signalait qu'il attendait pour tourner à gauche, c'est-à-dire du côté où je me trouvais. Il devrait toutefois me laisser la priorité. Au feu vert, je m'engageai prudemment, remarquant que la voiture elle aussi avançait. « Mais enfin, c'est à moi de traverser, cette voiture va s'arrêter... » Je sentis la voiture accélérer sur moi. « Non, elle ne va pas s'arrêter ! » Je reculai brusquement. Une femme qui passait à vélo plus loin poussa un cri en voyant la scène. Je croisai le regard du conducteur et... fus choquée de confirmer qu'il m'avait clairement vue et semblait s'amuser à me foncer dessus, sur une route rendue glissante par la pluie, un rictus aux lèvres ! Si je ne m'étais poussée à temps... Il arrive parfois de frôler un accident ; cela donne un bon coup d'adrénaline, mais c'est assez vite oublié. Cette fois, j'avais vraiment été perturbée, par l'aspect délibéré de la conduite de ce chauffard et par la conviction que seul mon réflexe m'avait évité le pire. Je venais de souhaiter une bonne soirée à Henny et aux enfants et aurais pu ne jamais rentrer... J'y repensais une bonne partie de la soirée et racontai l'incident à Henny à mon retour. Peu après, alors que je me brossais les dents, il est venu me rejoindre dans la salle de bain, chose qu'il ne fait pas habituellement, et m'enlaça en me disant qu'il m'aimait. « Je suis heureux que ce véhicule ne t'ait pas renversée. » Il était lui aussi perturbé. Un rappel que rien n'est acquis ; la vie peut s'arrêter sans préavis.

Si je reviens ici sur cet incident, ce n'est évidemment pas

par hasard. Ce matin du 10 septembre, il m'est revenu plusieurs fois à l'esprit, spontanément. Je finis par confier à Henny :

« Écoute, je ne sais pas s'il s'agit d'un signe ou quoi, mais ce souvenir précis n'arrête pas de se rappeler à moi ; du coup, je me demande si je n'ai pas été protégée, s'il n'y a pas eu quelque chose, une intervention...

— Mais c'est ce que j'ai pensé dès le moment où tu m'as raconté ça. J'étais et suis toujours intimement convaincu que tu as été protégée ce jour-là.

— Pourquoi tu ne me l'as pas dit alors ??!

— Parce que tu ne m'aurais pas cru ! Il n'y a pas vingt-quatre heures, tu ne me croyais pas quand je te disais je pense qu'il te voit, il est là. Tu me répondais toujours que non ! Non, il n'y a rien, quand c'est fini, c'est fini ! Tu n'étais pas du tout ouverte à ça. »

*

Des années avant la naissance de notre fille, avant sa conception, il *fallait* que j'aie, non seulement un enfant mais une fille. Et non seulement une fille, mais une petite Lili. C'était tellement fort, je ne pouvais même pas imaginer les choses autrement. Lorsque l'on demande comment nous avons choisi le prénom Lili, j'ai pour habitude de répondre que c'est en référence au titre de la bande originale et au prénom du personnage principal d'un film français qui m'a profondément touchée et qui traite de résilience. De poursuivre après la perte d'un être aimé. Cette explication m'avait toujours semblé claire et suffisante d'autant plus que les Australiens ne connaissent généralement pas le film en question. Or, ce 10 septembre 2020, ça m'est venu comme un poing dans la figure. Je l'avais sous les yeux depuis tellement longtemps mais, chose incroyable, je n'avais jamais fait le lien… Quel est donc le titre de ce fameux film, je vous le donne en mille :

« Je vais bien, ne t'en fais pas. »

C'était là, dans mes tripes, dans ma chair depuis des années… et pas par hasard mais je vous ai déjà démontré par A + B que j'étais une sacrée spécialiste ès déni !

Je saisis mon téléphone et recherchai les paroles de la chanson « Lili »[11], paroles que j'avais pourtant entendues et même chantées un nombre incalculable de fois, toujours en proie à une vive et inexplicable émotion. À la lumière des évènements récents, ce que je lus[12] acheva de me mettre K.O et j'eus grand besoin du soutien de mes coachs Henny et Sébastien[13] pour me relever.

Lili take another walk out of your fake world
Lili fais un autre pas en dehors de ce monde illusoire
[…]
You'll see that you can breathe without not back up
Tu verras que tu peux respirer par toi-même
So much stuff you got to understand
Il y a tant de choses que tu dois comprendre

For every step in any walk
Pour chaque pas de n'importe quel chemin
Any town of any thought
N'importe quelle ville de n'importe quelle pensée
I'll be your guide
Je serai ton guide

---

[11] U-Turn (Lili), album « Je vais bien, ne t'en fais pas », Aaron J Albano, Frederick Anthony Sargolini Jr, Universal Music, 2006.
[12] Texte original en anglais. Traduction libre en italiques.
[13] Voir chapitre suivant.

Signé : Papa

For every street of any scene
Pour chaque rue de n'importe quel lieu
Any place you've never been
Dans tous les endroits où tu n'es jamais allée
I'll be your guide
Je serai ton guide

Lili, you know there's still a place for people like us
Lili tu sais qu'il reste une place pour les gens comme nous
[...]
You see it's not the wings that make the angel
Tu vois bien que les ailes ne font pas les anges
[...]

Put all your fears back in the shade
Renvoie toutes tes peurs dans l'ombre
Don't become a ghost without no colour
Ne deviens pas un fantôme sans couleurs
Cause you're the best paint life ever made
Car tu es le plus beau tableau que la vie ait jamais créé.

Au choc que je reçus ce jour-là, on peut tout à fait avancer que l'accès au sens véritable de ces paroles était resté dormant jusqu'au moment opportun où je pourrais les comprendre. Je ne peux entendre cette chanson sans pleurer à chaque fois ; maintenant mon âme sait pourquoi.

Au fait, c'est moi qui avais fait connaitre à Papa cette chanson qui m'a toujours tant émue…

*

Hors interview, Anne-Hélène m'avait assuré que Papa et les

enfants se connaissaient, qu'il les voyait, nous voyait, et qu'ils étaient ensemble avant leur incarnation. Prenant avec un (gros) grain de sel cette information difficilement vérifiable, je décidai de faire un petit test lors d'un câlin avec ma Lili. Son visage tout près du mien, j'ai regardé ses grands yeux sombres et lui ai demandé à brûle-pourpoint : « Dis, tu connais ton papi ? » Je ne m'attendais à vrai dire pas à une énorme réaction de sa part devant l'absurdité de ma question ! Mais il y eut, pendant une fraction de seconde, un changement dans son regard que je peine à décrire… Ce n'était pas à proprement parler une lueur, mais plutôt comme une expression subtile qui y passa. Et pendant cet instant, une pensée (eh oui, encore une !) s'afficha dans mon esprit, qui disait exactement : « Bien sûr que oui et tu le sais très bien ».

« Hein ? », demanda Lili.

Troublée, je réitérai ma question.

« Non », me répondit-elle, fuyant mon regard en détournant légèrement la tête. J'étais stupéfaite : si elle m'avait donné la réponse attendue d'une enfant de quatre ans qui n'a jamais connu son papi, en revanche tout dans son langage corporel me fit crier intérieurement : « Mais ?! Elle ment !! »

J'ai ensuite interrogé Jaden, mais mon petit bonhomme de dix-huit mois n'avait cure de ma petite expérience ; il ne daigna ni me répondre, ni me regarder !

*

Voilà donc les signes et messages que je reçus — ou compris — dans les 24 heures qui suivirent l'interview, chacun d'entre eux aussi fulgurant qu'impromptu. J'observais déjà de grands changements intérieurs, dont un des plus révélateurs fut que, pour la première fois depuis deux ans, je n'éprouvais plus le besoin de m'endormir avec un podcast dans les oreilles. Rassérénée, j'étais désormais en mesure de m'endormir seule dans le calme. J'étais aussi devenue, paradoxalement, à la fois convaincue et sceptique ! Ah, Socrate, que tu m'énervais avec ton « Tout ce que je sais, c'est que je ne sais rien » (gnagnagna)… Tu avais pourtant raison. Comment à présent affirmer quoi que ce soit avec certitude, en dehors de ce que je ressens au fond de mon cœur ? Cela m'est désormais impossible. J'ai soutenu mordicus pendant trois décennies qu'il n'y avait rien après la mort, et pourtant mes convictions ont été ébranlées en une seconde. *Tout* est donc possible… Je suis dorénavant bien en peine d'avoir un avis tranché sur de nombreuses questions !

Le long des mois qui s'écoulèrent, j'alternai les moments de grande sérénité, d'apaisement retrouvé et de joie avec des moments de grand choc psychologique et de trouble existentiel. Il me fallait repenser ma vision du monde, qui passait subitement d'un athéisme absolu à la certitude de la survivance de l'âme. Que faire de ce nouveau paradigme ? Comment l'intégrer ? Et quel sens donner à la vie, à ma vie, si nous évoluons dans une forme de jeu[14]? Je me sentais tantôt pousser des ailes, portée par l'amour de Papa et la grâce des moments vécus, tantôt perdre complètement pied. Il est capital dans ces moments de tempête intérieure, d'avoir une bouée à laquelle se raccrocher, un port où s'amarrer, un phare pour vous guider. Je les trouvai en Henny et Sébastien.

---

[14] Voir chapitre 18.

6. Sébastien

J'avais un grand besoin de parler. Parler pour tenter de partager, avec une personne ayant connu et profondément aimé Papa, l'espoir et l'apaisement fous qui découlaient de le savoir toujours là ; tout autant que pour verbaliser et essayer moi-même d'intégrer le récit surréel qui sortait de ma bouche. Mais à qui me confier ? Qui pourrait me croire et partager ma joie intense, ainsi que m'épauler dans les montagnes russes émotionnelles sur lesquelles je me retrouvais embarquée ? Je me tournai vers Sébastien.

Sébastien, c'est mon oncle et le petit frère de Papa. Psychopraticien en techniques énergétiques, je le jugeai le plus à même d'être réceptif à mes paroles. Le lendemain de l'interview, je lui envoyai un message pour lui proposer un rendez-vous téléphonique. À l'heure convenue, fébrile, je pris mon téléphone et optai pour un appel vidéo, qui me permettrait de mieux lire sa réaction. Problème : ça sonnait bien, mais la communication coupait systématiquement dès que l'un de nous tentait de décrocher, cela même après avoir redémarré nos téléphones respectifs. Au bout de dix minutes et sept tentatives d'appel infructueuses, j'essayai l'appel audio uniquement. Frustration... mais cette fois, succès !

Sébastien était très ému. Nous avons parlé longuement et

notre échange de vive voix s'est prolongé par des messages jusque tard dans la nuit. Quand je lui avouai à quel point je me sentais soulagée qu'il m'ait crue, il m'écrivit :

> *Sébastien :*
> *Instantanément.*
> *Sans l'ombre d'un doute.*
> *Dans mon inconscient, je dirais que j'attendais ce moment. Limite je n'ai pas été surpris de ce cadeau de mon frère.*
> *Ça lui ressemble bien.*
> *Ce sont ses mots que tu m'as relayés.*
> *Donc source complètement authentifiée.*

J'avais d'autant plus été déstabilisée et appréhensive que nous avions eu beaucoup de mal à établir la communication. Était-ce un signe ? Papa souhaitait-il que je n'en parle pas autour de moi ? À son frère ? Après tout, c'était peut-être réellement un simple problème technique…

> *Sébastien :*
> *Je me suis fait la même remarque ! En fait j'avais moins de 10% de batterie ; peut-être que c'est pour ça que la vidéo ne pouvait pas se faire. J'ai éteint et rallumé mon tél et en effet ça ne réagissait pas comme d'habitude ! Peut-être que ça aurait été trop fort que l'on se voie. Il a préféré l'audio. Comme ça j'ai pu faire couler les larmes librement. Merci mon frère.*

Je ne peux m'empêcher de partager quelques bribes de notre conversation, qui illustrent d'une part notre émotion et d'autre part à quel point nous le reconnaissons à travers ses manifestations :

Jessica :
Elle s'est interrompue trois fois, a essayé deux fois de poursuivre en proposant de faire ça plus tard, mais la troisième fois elle a demandé à couper l'interview.

Sébastien :
Super !
Trop bien !
Il a insisté, tu as vu ça !
Il attendait depuis tellement longtemps.
Il a trop bien organisé ça avec ses moyens là-haut.
Trop fort. Je l'admire comme je l'ai toujours admiré. Par son calme et son abnégation.

Sébastien :
C'est trop bien si c'est son style d'expression. C'est inestimable, ça. Et carrément bluffant. Même si je savais que ça pouvait exister, savoir que ça existe vraiment et qu'il ne peut pas y avoir de trucage, ça me remplit de joie et d'espérance.
Ta réaction en dents de scie est compréhensible, ça nous secoue forcément, et à mon avis ça nous change sur le long terme.

Sébastien :
Je te crois totalement. C'est un moment de grâce et de clairvoyance comme il en arrive peu dans une vie.
Merci à la vie. Merci à l'Univers.

Signé : Papa

Jessica :
Ses signes sont énormes en plus! Les titres de livre / film : gros comme une maison ; etc.

Sébastien :
Il a toujours fait du travail de pro. Clair et net.

Jessica :
Il a juste une fille longue à la comprenette !...

Sébastien :
C'est un peu vrai aussi !

7. Une vidéo très spéciale

Tous les signes qui se produisirent depuis l'interview et dont je vous parle depuis des pages, je les racontai à Anne-Hélène une semaine plus tard, temps qu'il me fallut pour digérer un peu les choses et retrouver suffisamment mes esprits pour être capable de lui en faire un récit cohérent que j'enregistrai et lui envoyai en un (long !) fichier audio. Je reçus très vite sa réponse, sa voix trahissant à la fois grande émotion, gratitude et émerveillement :

« Je suis très émue [...] je suis parcourue de frissons en t'écoutant. C'est hallucinant tous ces messages que tu as reçus ; tout le monde n'a pas cette chance. »

Anne-Hélène mentionnait en outre l'idée de raconter dans une future vidéo pour sa chaine YouTube l'expérience que nous avions vécue ensemble. Quelques heures plus tard seulement, alors que je faisais un petit tour de quartier pour me dégourdir les jambes et m'oxygéner les neurones, je remarquai la présence d'un nouveau message vocal d'Anne-Hélène. Elle me disait avoir été si touchée par mon témoignage qu'elle avait finalement enregistré cette vidéo dans la foulée. Il y est aussi question de plume, d'un « non, mais j'te jure, ça ne m'arrive jamais ! » ; bref, je ne comprenais pas grand-chose à son

message un peu décousu. Elle m'envoya un lien vers la vidéo[15].
Au départ, je ne vis rien. Sauf Anne-Hélène qui s'interrompait, disant avoir vu passer une plume. Les spectateurs, qui avaient déjà commencé à laisser des commentaires sous la vidéo, la rejoignaient et semblaient émerveillés devant cette « apparition » ; il fut même question de « plume d'ange »… Je passai et repassai la vidéo, frustrée de ne rien trouver. La taille réduite de mon écran de téléphone et le soleil qui se reflétait dessus ne me facilitaient pas la tâche.

Mais oui ! Une fois que l'on sait où et quand regarder, on ne peut plus la rater : à 2 minutes 14 secondes, une « plume » vaporeuse semble se détacher de l'aile d'une statuette de chérubin posée sur le bord de la fenêtre ! Une plume d'ange… Cette plume, que je suis bien obligée de qualifier de fantôme puisqu'elle n'a pas de réalité matérielle, tournoie et disparait peu avant d'atteindre le bord inférieur de l'image. Perturbée, Anne-Hélène perd le fil de sa pensée, essaie de se reprendre et finit par couper la vidéo, le temps d'aller vérifier s'il était tombé quelque chose par terre. Rien. Anne-Hélène reprend le récit de notre histoire. À 3 minutes et 55 secondes, une seconde apparition lumineuse, sorte de disque à deux ailes, traverse rapidement l'écran, déstabilisant Anne-Hélène une fois de plus !

La vidéo étant en accès libre, je vous invite, si vous êtes curieux, à constater par vous-mêmes ; c'est très net.

Ressentant que ces manifestations m'étaient adressées, je rentrai chez nous toute chamboulée. Cela ne pouvait pas être un hasard. Il savait que j'allais voir cette vidéo, puisqu'elle parlait de nous, de notre histoire. C'était comme s'il avait sauté

---

[15] Anne-Hélène Gramignano, 17/09/2020, "Manifestation d'un papa lors d'une interview" :
https://www.youtube.com/watch?v=EwDiScCFZ9w&t=249s

sur l'occasion de me faire un clin d'œil et, une fois encore, j'aurai la chance incroyable de pouvoir en garder la trace.

> *Jessica :*
> *2'14 !!! On dirait que ça tombe de l'aile de l'ange, littéralement !! Que penses-tu ??*
>
> *Sébastien :*
> *Mais carrément !!*
> *Que c'est énormissime !! Et que je suis tellement fier de ton père !!*

*

Le lendemain matin, je trouvai un nouveau message vocal d'Anne-Hélène qui confirma ce que nous soupçonnions déjà, à savoir que Papa serait bien l'auteur espiègle des apparitions lumineuses de sa vidéo :

« Je suis en contact avec lui et il se marre ! Il est, mais heureux ! Comme s'il disait : "j'ai réussi mon coup !" quoi ! [...] C'est merveilleux toute l'énergie que ton papa déploie pour toi et pour te prouver qu'il t'aime et qu'il est bien présent... [...] C'est le plus fort des papas ! »

Ce message me réchauffa le cœur, et j'y retrouvai une fois encore ses mots, allant même jusqu'à être capable de visualiser son visage si fier de son petit effet !

Quelques minutes plus tard, je reçus un nouveau message d'Anne-Hélène, qui souhaitait partager avec moi un nouveau fait troublant. Elle venait d'enregistrer le message précédent en nettoyant ses chaises de jardin pour préparer l'arrivée d'invités, et y avait trouvé ce faisant une coccinelle dont elle m'envoya la photo. Ma première réaction, je l'avoue, fut de ne comprendre ni la raison de son trouble ni même qu'il s'agissait d'une coccinelle, car elle n'avait rien du coléoptère rouge à points noirs qui nous est familier. Ma deuxième réaction fut plutôt tiède, car la coccinelle n'avait jamais représenté quoi que ce soit de particulier pour moi. Dans un troisième temps, l'enthousiasme d'Anne-Hélène me gagna : j'avais compris que l'interprétation d'un signe est si personnelle qu'elle ne résonne profondément que chez la personne à qui ce signe est adressé. En l'occurrence, cette coccinelle faisait naitre une émotion palpable chez Anne-Hélène, qui recevait par-là la confirmation d'une connivence spirituelle avec Papa.

Anne-Hélène me confia : « Je pense qu'on n'est pas au bout de nos surprises avec ton papa ! »

Elle ne croyait pas si bien dire.

8. « Bateau, île »

Un mois plus tard, je me suis réveillée avec une image dans la tête. J'ai d'abord supposé qu'il s'agissait de la fin d'un rêve, bien qu'il ne m'arrive que très rarement d'en garder des images mentales, en tout cas jamais d'une telle précision. Une embarcation flottait sur une mer dont les légers clapotis ridaient à peine la surface. Était-ce un canot de sauvetage ? La prédominance de la couleur orange m'évoquait des gilets de survie — je ne distinguais personne à bord. Le reste de l'image était assez sombre, crépuscule d'une journée qui avait dû être ensoleillée. En arrière-plan se dessinaient les contours d'une île.

Chose inédite, mon image mentale était accompagnée de la « voix » d'Anne-Hélène qui me confiait : « Sylvie Ouellecq a raison ». J'encadre le mot « voix » de guillemets car, et je suis incapable de l'expliquer autrement, je *savais* que c'était sa voix sans pour autant l'avoir entendue. Je compris plus tard qu'il s'agissait d'une pensée que l'on qualifie de télépathique.

Ma journée chargée de maman de deux enfants en bas âge commença et je fus surprise de constater qu'à maintes reprises dans la matinée (en jouant, en faisant les courses, etc.), l'image et le message me revenaient en tête. Troublée, je finis par noter sur un pense-bête :

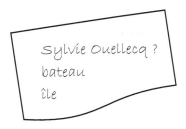

Je laissai le mot sur mon bureau et m'en retournai à mes enfants.

Quelques heures plus tard, j'ouvrai l'enquête avec mon associé, Mr Google. Le nom, qui me faisait penser à « Houellebecq », me posait quelques difficultés orthographiques : finissait-il par « c », « cq », « q » ? J'essayais les différentes combinaisons, sans résultat. Mais le moteur de recherche en revenait toujours à me proposer une certaine Sylvie Ouellet... médium ! Quelle coïncidence. À « Sylvie Ouellet » donc, j'ajoutai les mots « bateau » et « île », sans me faire d'illusions quant au fait d'y trouver quelque résultat pertinent. Puis, mue par l'intuition que ce que je recherchais était surtout visuel, je cliquai sur l'onglet de résultats « Images »... Cette fois, une image qui ressemblait en tous points à ce que j'ai décrit plus haut me sauta aux yeux ! À l'exception près que l'embarcation se révélait être, non pas un canot de sauvetage, mais une barque. Cela n'enlevait rien au résultat, mais au contraire l'expliquait : ce que j'avais pris pour des gilets de sauvetage s'avéra être un reflet de soleil couchant sur la mer, bande orangée horizontale au niveau du bateau. Tout y était : la mer, calme et en partie plongée dans l'obscurité, le bateau en premier plan, la palette chromatique, jusqu'à la silhouette de l'île en arrière-plan ! L'image de ma vision était en fait la couverture d'un livre de Sylvie Ouellet ! (Est-il utile de préciser que je n'avais jamais vu ce livre auparavant.)

Le livre s'intitulait :
J'aimerais tant te parler.[16]
J'en restai sans voix, persuadée qu'il s'agissait d'un nouveau message de Papa.

Rappelez-vous, j'avais déjà reçu d'autres messages aussi parlants que percutants via des chansons, films et livres : « Je vais bien, ne t'en fais pas », « Je serai ton guide », « Et si c'était vrai… ». Venait à présent s'ajouter « J'aimerais tant te parler » !

Le sous-titre de l'ouvrage, « ABC de la communication entre Ciel et Terre », était lui aussi interpellant… Voici un extrait du résumé : « Par des explications claires, des conseils, des exemples vécus et des exercices, Sylvie Ouellet […] nous démontre que la communication avec les énergies subtiles n'est pas réservée qu'à certaines personnes dotées d'un don particulier. Nous sommes tous médiums et il ne reste qu'à découvrir ce langage pour reprendre contact avec notre âme, avec les disparus et avec les plans supérieurs. Quelqu'un, quelque part, aimerait tant vous parler… Ce livre vous donne la clé pour désormais ouvrir le dialogue ! »

Il fallait que je me procure ce livre. Je soupçonnais Papa de me demander de le lire afin d'y trouver des clés pour essayer d'établir moi-même une communication avec lui. Les frais d'expédition de la France vers l'Australie coûtèrent le prix du livre lui-même mais qu'importe, je le commandai sur le champ et le reçus très rapidement.

J'ai bien sûr raconté cette singulière histoire à Sébastien :

---

[16] OUELLET, Sylvie, *J'aimerais tant te parler… ABC de la communication entre Ciel et Terre*, Le Dauphin Blanc, 2006.

> *Jessica :*
> *En tout cas ce que je trouve fou c'est que j'avais déjà fait ma sélection de lectures sur le sujet et je n'étais jamais tombée sur [celle]-ci et ne le serais sans doute jamais si je n'avais pas été « poussée » à rechercher : auteur + bateau + île + images*
>
> *Sébastien :*
> *Ah mais carrément. J'ai bien compris. C'était un puzzle à assembler et ça n'a pas marché du premier coup. Très bon jeu de pistes. Pascal est fort en jeu de pistes, en énigmes à résoudre. Tu te souviens de la Chouette ? Ou bien tu étais trop petite ?*

Je me souvenais parfaitement de ladite Chouette, chasse au trésor nationale officiellement intitulée « Sur La Trace De La Chouette d'Or », dont Papa possédait le livre d'énigmes sur lequel il a passé des mois, voire des années dans l'espoir de pouvoir nous emmener un jour creuser quelque part en France et déterrer une sculpture de chouette composée d'or, d'argent et de diamants. J'aimais le regarder s'enthousiasmer sur ses nouvelles pistes et présenter avec une fierté non dissimulée ses trouvailles.

*

Pendant la période de rédaction de mon témoignage, j'ai lu celui d'Annie Besson et Chrystèle Verguet intitulé *Loreen vit dans l'Au-delà*, récit émouvant et particulièrement bien documenté et synthétisé et dont voici un extrait : « C'est lorsque nous nous laissons aller à un état de décontraction totale et de vide mental que nous recevons les intuitions que les messagers de l'Au-delà nous envoient. Nous sommes alors à la limite du sommeil. Les vibrations du cerveau baissent de fréquence et le raisonnement laisse la place aux impressions que la pensée reçoit. Elles se manifestent sous forme de flashes visuels ou d'idées qui s'imposent subitement. »

Ce passage me fit évidemment repenser à l'évènement que je viens de relater, ainsi qu'à la mystérieuse sonnerie que j'avais entendue en état de somnolence la nuit qui suivit le premier contact…

Au risque de me répéter, je n'aurais pas prêté attention à ce que j'avais d'abord supposé être un résidu de rêve à mon réveil si je n'avais pas « entendu » Anne-Hélène ainsi que revu de façon obsédante l'image s'afficher à mon esprit alors même que je n'y pensais pas. Nous savons déjà comme Papa sait être insistant !

9. « Embrasse les enfants »

Anne-Hélène et moi restons en contact. Nous avons eu, vous l'avez compris, de nombreuses expériences peu communes à partager et nous nous donnons aussi des nouvelles sur un plan plus personnel. C'est ainsi qu'un après-midi de septembre 2020, alors que j'écoutais un nouveau message vocal de sa part qu'elle achevait par : « Je te fais de très très gros bisous Jessica, [...] embrasse bien tes enfants », sa voix s'étrangla, de toute évidence en proie à une émotion aussi vive que soudaine et je compris instantanément qu'un contact avec Papa était en train de se reproduire ! Effectivement, après une courte pause pendant laquelle je retenais mon souffle, Anne-Hélène reprit : « Et, tu vois, j'entends encore ton papa qui dit "qu'elle les embrasse de la part de leur grand-père" et... c'est magnifique ! Je ne peux pas expliquer pourquoi ton papa, c'est aussi facile pour moi de le ressentir, mais je trouve ça génial. » Bien sûr, je passai à mon tour le message à mes deux jeunes destinataires, les serrant fort dans mes bras...

Un évènement similaire se produisit juste après la sortie de notre interview pour *French Voices*. Anne-Hélène m'écrivit ce jour-là :

> *Anne-Hélène :*
> *Ton interview va faire du bien à beaucoup de personnes, tu vas leur donner de l'espoir que c'est possible. On reste bien évidemment en contact… J'entends ton père te dire : « T'es la meilleure » … Je t'embrasse très fort.*

Cette phrase résonna particulièrement car j'en identifiais formellement l'auteur. C'étaient les mots exacts que Papa aimait à me répéter, symboles de sa fierté et de sa confiance en moi. L'effet fut si intense que, pour la première fois depuis longtemps, je retrouvai mentalement le son de cette voix jadis si familière et dont le souvenir s'était effacé.

*

J'aimerais revenir sur le lien que les enfants entretiennent avec le monde de l'invisible et les énergies subtiles (ou plans vibratoires différents, appelez cela comme vous voulez). J'ai déjà relaté l'anecdote selon laquelle, demandant à Lili si elle connaissait son papi, j'avais été frappée de ressentir qu'il semblerait que oui[17], et l'on voit encore dans l'exemple où Papa demande d'embrasser ses petits-enfants pour lui qu'ils se connaitraient. Cela peut sembler fou ; pourtant l'on retrouve les hypothèses suivantes, tant dans des témoignages que des travaux aussi rigoureux qu'il est possible de les mener sur un sujet qui échappe à l'étude scientifique :

1. Les enfants seraient plus réceptifs aux énergies subtiles que nous, et par là plus à même de capter la présence de défunts, entre la naissance et sept ans.
   Ce n'est pas pour rien que l'on surnomme cet âge « l'âge de

---

[17] Voir chapitre 5.

raison » ! Jusqu'à sept ans en effet, le cerveau de l'enfant émet principalement des ondes de fréquence Thêta[18]. Or, ces ondes Thêta sont la porte d'accès à notre subconscient. Elles sont notamment observées en état de relaxation, de méditation, d'intuition accrue et au seuil de l'endormissement et du réveil — cela ne vous rappelle rien ?

Dans l'excellent film « Le Sixième Sens »[19], le petit Cole Sear interprété par Haley Joel Osment avoue, dans une réplique devenue culte : « Je vois des gens qui sont morts » (« I see dead people »). Eh bien, cela n'arrive pas que dans les films, en témoignent les fameux « amis imaginaires » des jeunes enfants, dont les parents reconnaissent parfois avec stupéfaction des aïeux que l'enfant n'a pourtant jamais connus de leur vivant ! Pendant l'écriture de ce récit, Maman me confia que j'avais moi-même un jour rapporté avoir vu « une dame avec une longue robe rose dans l'escalier ». Je n'en garde aucun souvenir mais m'étonne qu'elle se souvienne toujours, trente-cinq ans plus tard, de cette phrase en apparence tout à fait anecdotique qu'elle et Papa avaient finalement mis sur le compte de mon imagination...

2. Les enfants garderaient des souvenirs de leur vie dans l'au-delà et / ou de vies antérieures, avant de les oublier tout à fait vers sept ans.

L'âge de raison frappe de nouveau ! La lecture de l'incroyable mais très sérieuse enquête menée sur de nombreuses années par Ian Stevenson dans son ouvrage *Les*

---

[18] Un adulte vaquant à ses tâches quotidiennes fonctionne lui surtout en ondes Bêta.
[19] « Le Sixième Sens » (The Sixth Sense), réalisation et scénario de M. Night Shyamalan, USA, 1999.

enfants qui se souviennent de leurs vies antérieures : de la réincarnation[20] s'avère convaincante — selon moi.

3. L'âme choisirait sa famille d'incarnation selon les expériences qu'elle a choisi de venir vivre sur Terre[21].

Cette troisième hypothèse s'inscrit dans la lignée de la précédente mais je souhaite l'illustrer.

Un soir de mai 2021, autour de la table de la cuisine, Lili me fit une touchante déclaration :

« Je t'aime depuis que tu es bébé.

— Oh, c'est beau ce que tu dis ma Lili ! Mais tu sais, c'est moi qui t'aime depuis que tu es bébé !

— Non, c'est moi ! J'ai choisi d'aller dans ta petite poche, je voulais que tu sois ma maman. »

Si j'ai bien conscience que cette information n'est pas vérifiable, qu'elle peut tout à fait être le fruit de l'imagination débordante et poétique de ma fille (dont le ton ne souffrait pas la contradiction), à la lumière des événements de ces derniers mois, je m'interrogeai et rangeai précieusement ces paroles dans un coin de mon cœur.

> *Sébastien :*
> *Waou, trop fort ça.*
> *J'adore !*
> *Lili a raison, je pense.*

*

---

[20] STEVENSON, Ian, *Children Who Remember Previous Lives: A Question of Reincarnation*, éd. McFarland, Rev. 2001.
[21] Voir chapitre 18.

Après avoir remis un prototype de mon livre à mon frère, ce dernier partagea avec moi ce qu'il qualifie d'un de ses plus lointains souvenirs. Ce souvenir, qui lui avait toujours paru « anecdotique mais pas insignifiant », m'émerveilla tout à fait. Il semble que les tables de cuisine soient propices à la résurgence de souvenirs enfouis dans notre subconscient, puisque c'est là qu'il expliqua à notre maman, vers l'âge de six ou sept ans[22], avoir choisi notre famille. Il se revoit aujourd'hui encore, en vue plongeante, la tête baissée, regardant dans des caisses. Des caisses de rangement — une rouge, une jaune, une verte — à poignées. Dans cette vision, chaque caisse contenait une famille d'incarnation possible et « c'est cette famille-là que j'ai choisie », se souvient-il.

Pourquoi sa mémoire aurait-elle préservé, avec une telle précision, une image remontant à une trentaine d'années si elle n'avait été qu'un simple rêve d'enfant ? Le fait qu'il y ait repensé à plusieurs reprises au fil des décennies renforce davantage ma conviction que le subconscient de Tony fait la part des choses entre un moment de lucidité[23] qui lui a donné un accès fugace à un souvenir antérieur à sa naissance et le simple fruit de son imagination. Le caractère marquant, inhabituel d'une image qui se rappelle à nous mérite notre attention, tout comme ma vision du bateau et de l'île qui s'avéra être la couverture du livre *J'aimerais tant te parler*.

---

[22] Tiens tiens ! Pensez donc : ondes Thêta, réceptivité accrue, intuition, subconscient...
[23] Du latin « luciditas » signifiant « lumière, clarté »...

10. Sens des mots

À ce stade de mon récit, je souhaite faire une pause pour définir, expliquer ou préciser quelques concepts tels que je les comprends et alimenter votre réflexion personnelle. Déformation professionnelle oblige, je laisse la parole à mon côté prof en espérant éveiller chez vous intérêt et curiosité. Suivez bien, il y aura interro à la fin du chapitre… ou maintenant !

*

Médium

Rappelez au moyen de vos propres mots ce qu'est un·e médium. Vous avez trois heures, mais trente secondes devraient suffire !

Voici un résumé du résumé que j'avais déjà fait au chapitre 3 : une personne médium est dotée de facultés de perceptions accrues ou extrasensorielles et sert d'intermédiaire, c'est-à-dire de canal de communication entre nous et l'invisible / les défunts / l'au-delà pour faire passer des messages. J'aimerais développer un peu le raisonnement et les hypothèses possibles derrière ces notions de perception, à travers deux de nos sens que je prends à titre d'exemple : la vue et l'ouïe.

*

Champ du visible

Saviez-vous que certaines radiations du spectre électromagnétique ne sont pas visibles par l'œil humain ? Au deçà du champ visible par l'œil humain, nous avons les rayons ultraviolets, ainsi que les rayons X et Gamma. Au-delà du champ visible, il y a l'infrarouge puis les ondes radioélectriques. Les usages et applications modernes sont innombrables. Pour ne citer que quelques exemples, au niveau des rayons X nous pouvons évidemment penser à la radiographie médicale (en anglais, « X-ray ») ; pour la technologie infrarouge, aux lunettes de vision nocturne, détecteurs d'intrusion, appareils de contrôle d'authenticité des billets de banque, etc. Du côté des ondes à très haute fréquence (ondes décimétriques), pensez fours à micro-ondes, systèmes radar et satellites, liaisons Wi-Fi et Bluetooth, téléphonie, télédiffusion, radiodiffusion... Ces derniers exemples sont particulièrement intéressants car les téléphones, postes de radio, magnétophones, téléviseurs, ou encore caméras à infrarouge sont utilisés en TCI (Transcommunication Instrumentale), qui s'appuie sur ces technologies, sur ces supports énergétiques pour enregistrer images et voix d'êtres désincarnés.

*

Champ de l'audible

De même qu'il y a un champ du visible (et de l'invisible) pour l'œil humain, il existe un champ de l'audible (et de l'inaudible) pour l'oreille humaine.

Le son se mesure par le nombre de vibrations par seconde et sa fréquence est exprimée en Hertz (Hz)[24]. Le champ auditif d'un humain est compris entre 20 et 20.000 Hz. Lorsque le niveau sonore est inférieur à 20 Hz, l'être humain n'entend pas et l'on parle d'infrasons. Les éléphants, eux, communiquent par infrasons. Lorsque la fréquence d'un son est supérieure à 20.000 Hz, on parle d'ultrasons, que l'être humain n'est pas capable d'entendre non plus mais que d'autres animaux peuvent capter : c'est le cas des chiens ou des chats[25], jusqu'à 40.000 Hz. Quant aux chauves-souris et dauphins, ils sont capables d'entendre un son ayant une fréquence pouvant aller jusqu'à 250.000 Hz !

Il existe des applications militaires, médicales et industrielles des ondes *ultrasoniques*, comme par exemple l'imagerie médicale (en anglais, le terme « échographie » s'appelle d'ailleurs « *ultrasound* »), le repérage d'obstacles (par écholocalisation) ou encore les appareils répulsifs contre les moustiques, oiseaux, rongeurs, aboiements de chiens. Ces animaux se trouvent si incommodés par les sons produits qu'il ne leur reste qu'à s'éloigner. Sur le même système, il existe même un boîtier anti-jeunes, dispositif de harcèlement acoustique destiné à empêcher les regroupements d'adolescents. Commercialisé au

---

[24] Remarquez que nous restons toujours dans des concepts de fréquences, de longueurs d'ondes et de vibration. C'est essentiel pour comprendre que nos chers « disparus » sont très certainement toujours à nos côtés, mais à un niveau de perception différent, typiquement hors de notre portée.

[25] Tiens tiens, cela me fait penser aux témoignages dans lesquels ces animaux familiers se mettent soudain à avoir peur et à aboyer / siffler, comme face à une présence…fantôme.

Royaume-Uni cet appareil est désormais interdit par la justice française car classé comme une « arme sonore illicite ». Les jeunes sont en effet plus réceptifs à un plus grand spectre de fréquences que nous les adultes[26]. Ça ne vous rappelle rien ? Dans le chapitre précédent, j'évoquais déjà le fait que les enfants seraient plus aptes à voir ou entendre ce que nous ne pouvons pas... Une personne médium n'aurait pas perdu au bien-nommé âge de raison ces facultés particulièrement développées. Pour certaines d'entre elles, celles-ci leur ont été octroyées à un stade plus avancé de leur vie, comme « mission » ou après une expérience de conscience modifiée. Citons par exemple la journaliste Patricia Darré devenue médium sur le tard et bien malgré elle, Fabienne Raoul, Florence Hubert, etc.

Pourquoi ce court cours de sciences sur le visible et l'audible ? Je voulais simplement illustrer que nos perceptions sensorielles restent limitées, dans un champ qui, lui, est tellement plus large. Les progrès technologiques et scientifiques permettent de repousser ces frontières, par exemple, en nous permettant de voir de nuit grâce à des lunettes ou caméras, mais restent encore insuffisants. Je suis confiante sur le fait que de plus en plus de phénomènes seront découverts, visibles, entendus, normalisés et explicables à l'avenir.

Le fait que quelque chose se trouve hors de notre portée ne suffit plus pour en nier l'existence. Même Einstein est d'accord

---

[26] Vous pouvez le vérifier en faisant ce simple test (vidéo en anglais) : « How Old Are Your Ears? (Hearing Test) » : https://www.youtube.com/watch?v=-E1SDl9vLo8
Dans ce test, j'entends (ou plutôt je perçois, car au tout début je « ressens » le son plus que je ne l'entends) les sons entre 75 Hz et 14.000 Hz, limite équivalente à l'oreille d'une personne d'environ 40 ans... Au-delà, rien, mais une oreille plus jeune devrait continuer à entendre.

avec moi ! « Il est absolument possible qu'au-delà de ce que perçoivent nos sens se cachent des mondes insoupçonnés », a-t-il dit. Vous ne voyez pas les ondes Wi-Fi ou GSM ; pourtant vous acceptez bien que quelqu'un soit réellement en train de vous parler au téléphone... Il n'y a donc aucune raison pour que la communication avec l'invisible ne puisse fonctionner sur le même principe. Alors, ne soyez pas comme Saint Thomas qui exigeait de voir pour croire. Il y a 2.000 ans, c'était encore compréhensible mais ne tient plus debout de nos jours !

*

Signe

Maintenant que je suis (à peu près) sûre que vous ne vous prenez pas pour un·e saint·e, passons à la notion de signe.

Je commence avec une mise en garde : il est important de rester circonspect·e et de ne pas *chercher* des signes partout, en surinterprétant à longueur de journée. Pour cause, et je l'ai assez répété : un signe s'impose comme une évidence. Inutile de le chercher donc, vous le comprendrez, même lorsqu'il surgira, comme c'est généralement le cas, au moment où vous ne vous y attendrez pas. Le ressenti qu'il provoque peut aller du simple clin d'œil qui réchauffe le cœur à un profond chamboulement.

Dans les chapitres précédents, j'ai qualifié les signes que j'ai perçus d'électrochocs, de claques, de révélations, d'évidences fulgurantes, d'intimes convictions... Ces mots vous aideront peut-être à ressentir l'essence de ce qu'est un signe. J'ajouterai qu'un signe est relatif car il n'est compréhensible que par la (ou les) personne(s) à qui il est destiné. Je ne vais pas revenir sur les multiples exemples qui ont jalonné mon récit jusqu'ici mais j'admets que, hors contexte, ou même tout simplement parce que vous n'êtes pas moi, vous seriez en droit de rétorquer : « Et alors ? » au fait qu'on entende le prénom Pascal dans une vidéo, ou que quelqu'un mette en vente un roman de Levy sur Facebook. Pourtant, je reste profondément convaincue qu'il s'agissait de signes destinés à renforcer, valider, la réalité du contact qui eut lieu ce même jour, pendant l'interview avec Anne-Hélène.

Parce qu'il est personnel et relatif, mais aussi du fait de son caractère non reproductible et systématique, les signes peuvent difficilement faire l'objet d'études scientifiques. En revanche, Evelyn Elsaesser, spécialiste des expériences liées à la mort, recense de façon très fouillée les différentes formes possibles de VSCD (Vécu Subjectif de Contact avec un Défunt)[27], étoffées de témoignages extraordinaires et poignants dans son livre *Quand les défunts viennent à nous : Histoires vécues et entretiens avec des scientifiques*[28]. Je vous en recommande vivement la lecture si le sujet vous intéresse, ou du moins celle de l'article dont elle livre une excellente vue d'ensemble[29].

Cessez de tout intellectualiser et restez à l'écoute de votre cœur, de votre ressenti profond, de vos intuitions.

Une personne fermée passera à côté de ses signes, comme cela a certainement été le cas pour moi pendant treize ans…

---

[27] VSCD, expression forgée par l'équipe comprenant Evelyn Elsaesser lors la rédaction de l'ouvrage *Le manuel clinique des expériences extraordinaires*, publié par l'INREES (Institut de Recherche sur les Expériences Extraordinaires).
[28] éd. Exergue, 2017.
[29] ELSAESSER, Evelyn, « Les messages de l'espoir », magazine Parasciences, 13/06/2018 : https://www.evelyn-elsaesser.com/wp-content/uploads/2018/08/Elsaesser_Publications_Le_message_de_espoir.pdf

« *Comme une myope dans son brouillard éternel, je n'ai rien vu venir, justement. Tout aurait pu m'éclairer, tout était sous mes yeux, mais comme des centaines de pièces de puzzle qui attendent que vous les assembliez pour prendre forme et s'emboîter avec logique, la vérité est restée dans sa boîte.* »

(Anne Tuffigo)

Pour revenir aux intuitions, voici les deux sens définis dans le dictionnaire Larousse :
1. Connaissance directe, immédiate de la vérité, sans recours au raisonnement, à l'expérience ;
2. Sentiment irraisonné, non vérifiable qu'un événement va se produire, que quelque chose existe.

J'ai découvert au fil de mes recherches que celles-ci nous seraient en fait soufflées par nos anges gardiens, proches décédés et guides spirituels. Je ne vous demande pas de me croire ; encore une fois, restez connectés à votre cœur, ce sera déjà très bien !

*

<u>Âme</u>

Je ne vais pas ici définir l'âme (je vous invite à faire vos propres recherches si le sujet vous intéresse), mais je souhaiterais faire un point sur les termes relativement

synonymes que vous pouvez être amenés à rencontrer. Vous remarquerez peut-être une inclination pour utiliser l'un ou l'autre de ces termes, selon vos croyances, la charge connotative des mots dans votre culture de référence ou tout simplement vos préférences personnelles :
- une âme (le terme que je privilégie) ;
- une entité ;
- un défunt ;
- un esprit (mot que j'aime aussi, dans le sens de conscience et d'intelligence) ;
- un être désincarné (par opposition à incarné, c'est-à-dire de chair) ;
- un fantôme ;
- etc.

*

Expressions pour décrire l'état de mort

De même, je me suis interrogée sur les différents termes qu'il est possible d'employer pour décrire l'état de mort physique d'une personne. J'aime envisager les mots à la fois en m'interrogeant sur leur sens littéral et en me questionnant sur le ressenti qu'ils produisent en moi, qui peut être une émotion ou idée préconçue. Et j'ai eu quelques surprises ; tant sur l'origine de ces termes si communs que je n'avais jamais réellement prêté attention à leur formation, que sur le glissement qui s'est opéré dans ma compréhension de ces expressions et dans mes préférences personnelles d'emploi.

Tout d'abord, nous avons bien sûr « il est mort ». Alors qu'il n'y a pas si longtemps, ces mots m'évoquaient la tragique finitude, le néant et le noir absolus, je les comprends aujourd'hui comme décrivant une transition d'un état à un autre : « *il est* (passé de l'autre côté de la) *mort* », « il a transitionné », « il a quitté son enveloppe de chair pour évoluer sous une autre forme ». Ne perdons pas de vue que « il est mort » se situe sur le même plan que « il est né ». Or, si nous sommes déjà bien vivants avant la naissance, c'est la date de notre transition de l'intérieur à l'extérieur du ventre maternel qui est officiellement reconnue dans notre société et qui figure dans le livret de famille. De même s'y trouve(ra) celle du décès, enregistrant l'autre transition, celle de « fin d'utilisation du corps physique » ; ce qui ne signifie pas pour autant que la conscience qui l'habitait a subi le même sort. « Il est mort » me parait ainsi une expression tout à fait pertinente, sans équivoque.

Certaines tournures m'ont quant à elles longtemps fait grincer des dents. C'est le cas de « il est parti », « j'ai perdu [telle personne] » ou encore « [telle personne] a disparu ». J'écoute parfois les émissions radio de libre antenne ; lorsqu'un auditeur (ou une auditrice) appelle en expliquant que son conjoint par exemple est « parti », je ressens toujours le moment de flottement où l'animatrice essaie de comprendre avec le plus de tact possible ce que son interlocuteur entend par-là : a-t-il quitté le foyer conjugal ? Ou bien... Mon côté brut et rentre-dedans ne s'est jamais accommodé de cet euphémisme ambigu et j'enrage intérieurement : mais enfin, il n'est pas parti faire des courses alors dites-le, qu'il est mort ! Ironiquement, je trouve aujourd'hui l'expression plutôt juste : le proche est, en effet, parti dans un autre plan, passé de l'autre côté du voile... Les médiums recourent d'ailleurs fréquemment au champ lexical du départ : « c'est un départ volontaire », « un départ accidentel », « il est parti brutalement », etc. Cherchez en ligne des vidéos de conférences médiumniques (également appelées médiumnité en salle, ou médiumnité publique) et vous entendrez invariablement ces expressions.

Autre euphémisme, l'adjectif « disparu » me faisait prendre le même air excédé : il ne s'est pas volatilisé d'un coup de baguette magique, voyons ! Les plus observateurs d'entre vous auront cependant peut-être remarqué que j'ai déjà utilisé le terme « disparu » dans mon récit. Je l'accepte aujourd'hui, dans ses sens premiers, à savoir soit « présumé mort » (parce qu'on ne retrouve effectivement pas la personne) soit, et c'est le sens qui nous intéresse le plus ici, dans le sens de : « qui a cessé d'être visible ».

Vous le voyez donc, j'ai révisé certaines de mes positions. Ce n'est en revanche pas le cas pour « j'ai perdu [telle personne] ». J'en comprends le sens, et je sais combien le sentiment de perte et d'absence est vif et douloureux, mais je n'aime pas cette expression ; d'abord parce que la personne n'est pas tombée de notre poche et qu'on ne la perd pas comme on perd un trousseau de clés, enfin et surtout parce que je suis désormais convaincue que, non, elle ne vous a pas abandonné·e. Je mentirais si je disais que je ne pleure plus *jamais* : l'absence physique de Papa est réelle, nos longues conversations et nos câlins ne sont plus, il voit mes enfants mais je n'aurai jamais le bonheur de les voir jouer ensemble. Cependant je ne l'ai pas perdu. J'en suis désormais certaine, il sera toujours là pour veiller sur moi, et nous nous retrouverons.

« Il est décédé. » Voici une formulation qui, à l'image de « il est mort », est claire et directe. La forme latine « decedere » signifie aussi « partir, s'en aller ». Un départ, encore une fois une transition.

On entend aussi parfois dire « il est au ciel », expression

intimement liée à la croyance religieuse, ce qui en tant qu'irréligieuse absolue (ça, vous l'aurez compris !) m'a toujours posé souci. Sans compter que cette formulation, de pair avec « il a rejoint les étoiles », est typiquement employée pour expliquer la mort aux enfants. Bien que poétique, elle peut semer la confusion chez un jeune être. Idem pour : « il s'est endormi pour toujours », complètement anxiogène et à éviter avec les enfants qui peuvent se mettre à redouter de s'endormir ou que leurs parents s'endorment... un peu trop longtemps ! Nous devons utiliser les mots justes.

Poursuivons avec un petit cours d'anglais ! Tout comme pour l'expression française « il est parti » dont j'ai parlé plus haut, un changement s'est opéré dans ma perception et compréhension d'une autre expression, que j'avais jusqu'ici trouvée stupide, à savoir : « he passed » (ou « he passed away »). Il est difficile de la traduire littéralement mais elle exprime les idées de départ (« away ») et de transition (« to pass ») : inutile donc de préciser à quel point je trouve maintenant cette expression tout à fait pertinente. En voici l'origine, que j'ai retrouvée et dont je vous traduis librement l'extrait[30] : « L'expression "passed away" apparaît dans l'anglais écrit à partir du XVème siècle. Cela date de l'époque où la plupart des gens croyait que, à la mort d'une personne, l'âme passait

---

[30] « The phrase "passed away" first appears in English writings from the 1400s. This was when most people believed that, when a person died, the soul physically "passed on" to the afterlife. In those Medieval days, the phrase "passed away" wasn't considered a euphemism or metaphor for death. Instead, it was a literal description of what the majority of people believed happened when the body ceased to live. Today, beliefs about what happens when we die are less cut-and-dried. We now use the phrase, "passed away" euphemistically, rather than as a literal depiction of events. » https://www.joincake.com/blog/passed-away-vs-died/

physiquement dans l'au-delà. À cette époque du Moyen-Âge, l'expression "passed away" n'était pas considérée comme un euphémisme ou une métaphore de la mort. En réalité, il s'agissait de la description littérale de ce que la majorité des gens pensait avoir lieu lorsque le corps cessait de vivre. De nos jours, les croyances quant à ce qu'il se passe quand on meurt sont moins préétablies. L'expression est maintenant utilisée comme un euphémisme plutôt que comme une véritable description des faits. » Cela me fait vraiment réaliser à quel point notre culture occidentale s'est déconnectée de la spiritualité au fil des siècles. Ce qui n'est pas le cas dans de nombreuses autres cultures, où la question de l'au-delà et de la survivance de l'âme ne se pose même pas. Pourquoi et quand avons-nous cessé d'y croire et d'être en phase avec nos intuitions ?

*

Au-delà

Ici encore, il existe d'autres termes et expressions synonymes de l'au-delà : on peut parler d'un autre plan dimensionnel, d'une dimension parallèle (cela fait très film de science-fiction, mais reste une hypothèse plausible et pertinente lorsque l'on creuse un peu le sujet), de l'autre côté du voile, d'un autre plan vibratoire / subtil, du monde de l'invisible, etc.

Au-delà[31] du choix des mots, une question peut-être plus essentielle serait : l'au-delà, c'est où ? Bien sûr, personne n'a la

---

[31] Sans jeu de mots !

réponse ou en tout cas la preuve absolue. Je ne crois pas à l'existence d'un monde avec un monsieur à longue barbe et des anges ailés jouant joyeusement de la harpe et de la trompette dans les nuages, représentation culturelle et non universelle. Cependant, pour en revenir à l'expression « il est au ciel », le fait que les croyances du monde entier se rejoignent sur ces notions de « paradis = en haut » et « enfer = en bas » peut difficilement relever du hasard et symboliserait plutôt l'élévation de l'âme d'un côté et « le bas astral » de l'autre, qui n'est pas littéralement sous terre mais correspondrait au faible niveau vibratoire de l'âme défunte.

Pardonnez à l'avance cette énième digression, mais en tant qu'amoureuse des langues, j'ai toujours trouvé tellement fascinante l'interdépendance langue-culture. Une langue est en effet le reflet d'une culture, elle est le prisme à travers lequel ses locuteurs voient le monde. Si l'on dit que maîtriser plusieurs langues est une richesse, ce n'est pas seulement parce que les langues permettent de voyager plus commodément ou parce que les parler sollicite la mémoire et retarderait la redoutable maladie d'Alzheimer. C'est aussi parce qu'elles invitent le bon polyglotte à l'ouverture d'esprit en le forçant à penser différemment. Un exemple que j'aime donner à mes étudiants est tout simplement comment se présenter : « Je m'appelle XYZ. » Je ne sais pas vous, mais moi je m'appelle rarement par mon prénom, sauf lorsque je tente de me donner du courage ! Les Anglophones et Russophone ont une approche différente. Vous connaissez sans doute la phrase anglaise « My name is XYZ », dont l'équivalent littéral est « Mon nom est XYZ.[32] » Déclinaison d'identité, pour le moins factuelle comme c'est

---

[32] Je vous l'accorde, on peut dire cela en français aussi, mais c'est moins commun que « je m'appelle ».

souvent le cas avec l'anglais. En russe, vous diriez : « меня зовут[33] XYZ ». Je vais sauter l'analyse grammaticale de cette phrase, même si j'aurais adoré vous la décortiquer mais vous n'avez peut-être pas que ça à faire ; toujours est-il que son équivalent est : « On / Les gens appelle(nt) moi XYZ. » Personnellement, je trouve l'expression russe tellement logique. Notez que mes exemples ne reposent pas sur une question de vocabulaire (il ne s'agissait pas de traduire, linéairement, chaque mot de la phrase originale française), mais bien sur la grammaire, c'est-à-dire la structure, l'organisation de cette phrase, révélatrice de différents systèmes de pensée.

Vous vous demandez pourquoi je vous parle de linguistique ? En écrivant ces lignes sur les notions universelles de « paradis = en haut » et « enfer = en bas », bien au chaud près du feu de cheminée d'un pub où j'attends Lili pendant son cours de gym hebdomadaire, j'ai fait un pari avec moi-même : celui que, si je recherchais la traduction en chinois des mots « paradis » et « enfer », j'y trouverais respectivement les caractères 天 et 地. Bingo. « Paradis » s'écrit 天堂 et « enfer » 地狱. Je ne vous raconte pas comme j'étais fière d'avoir eu tant de flair ! Pour vous donner un peu de contexte, j'ai vécu deux ans en Chine et ai une connaissance basique du mandarin, à un niveau qui me permettait de me débrouiller dans la plupart des situations courantes. Mon raisonnement s'est tout simplement appuyé sur l'hypothèse que système de pensée et langue sont interdépendants. En toute logique, je pouvais ainsi m'attendre à retrouver dans la traduction de « paradis » l'idéogramme courant signifiant le ciel : 天, prononcé « tiān » et que l'on retrouve dans la fameuse place Tiananmen, ou « porte de la

---

[33] Prononcé « minia zavout ».

paix céleste » : 天安门. Quant à « enfer », j'étais persuadée, à juste titre, qu'il comporterait le caractère pour désigner la terre : 地, prononcé « dì ». Vous voyez ? Si l'on décidait, pour une raison ou une autre, de s'affranchir des notions de ciel et de terre pour exprimer « paradis » ou « enfer », il faudrait carrément changer de caractères en chinois, puisque ces notions entrent dans la composition-même des mots. La langue étant le reflet de notre culture, c'est bien pour cela qu'il est difficile de changer notre vision du monde…

Si l'on admet l'existence de niveaux de fréquences différents, de dimensions / univers / mondes parallèles, nos proches décédés seraient en fait bien tout près de nous, de l'autre côté du voile, sans que nous ne puissions les voir. Dans cette hiérarchie en « couches d'oignon », selon l'image que je me suis forgée moi-même en essayant de comprendre le phénomène, il faut pour accéder aux couches supérieures vibrer à une fréquence suffisante. C'est l'évolution spirituelle de l'âme qui permet sa montée en vibration. Une âme vibrant à une fréquence basse (dite négative ou « du bas astral ») ne peut s'élever dans les plus hautes sphères sans aide ou un travail sur elle-même ; en revanche une âme de plan plus élevé peut descendre, circuler et observer les plans inférieurs vibratoirement. Cette vision est bien illustrée dans le passionnant témoignage vidéo « Un pas dans l'éternité : l'expérience de mort imminente de Vincent Hamain »[34] ainsi

---

[34] « Un pas dans l'éternité : l'expérience de mort imminente de Vincent Hamain » :
https://www.youtube.com/watch?v=0MChf9qypLM

que dans le récit intitulé *Loreen vit dans l'au-delà*[35], coécrit par la grand-mère et la mère de la fillette mortellement fauchée par une voiture à l'âge de six ans et qui transmet depuis des messages à sa famille en TCI : « Loreen dit souvent "là-haut". "Je t'aime tout là-haut", dit-elle à sa mère. Elle parle bien sûr du plan vibratoire sur lequel elle vit. La sensation de distance est engendrée par la différence de fréquence entre les ondes du monde visible et celles du monde invisible. Cependant les entités disent qu'elles descendent pour les contacts, c'est-à-dire qu'elles abaissent la fréquence de leurs vibrations pour nous rejoindre. Bien que nous ayons coutume de dire "là-haut" nous aussi, il s'agit d'un éloignement vibratoire et non physique. Nous vivons tous au même endroit mais à des niveaux différents. [...] Voici le message que William Sted a dicté à ce sujet : "Nous montions verticalement dans l'espace à très grande rapidité (...) avec une puissance et une vitesse gigantesques[36]. (...) Je ne sais combien de temps dura le voyage, ni à quelle distance de la terre nous nous trouvions lorsque nous arrivâmes." L'impression de distance est souvent ressentie par les âmes qui transitent. D'autres ont l'impression de rester sur place. »

Certains expérienceurs racontent avoir vu, lors de leur expérience de mort imminente, la Terre s'éloigner à grande

---

[35] BESSON, Annie, VERGUET, Chrystèle, *Loreen vit dans l'au-delà*, éd. Edilivre, 2014. Il y a dans ce livre des coquilles et quelques passages « brouillons » qu'un bon travail de relecture aurait pu éliminer ; il n'en reste pas moins que ce récit est très intéressant et que la famille endeuillée a fait elle aussi beaucoup de recherches sur l'après-vie suite au drame dont la douleur est toujours palpable au fil des pages.

[36] Cette idée de déplacement à vitesse pharamineuse est récurrente dans les témoignages des expérienceurs ayant vécu une EMI (Expérience de Mort Imminente).

vitesse, comme dans un zoom arrière où ils reconnaissaient leur quartier, puis leur ville, la Terre, etc. À mesure qu'ils s'éloignaient, ils voyaient nos planètes, des galaxies ; il y aurait peut-être eu passage dans un trou noir ou un trou de verre... La cosmologie pourra peut-être un jour apporter des éléments de réponses à cette hypothèse intéressante et vertigineuse.

Quoi qu'il en soit, où regardez-vous instinctivement lorsque vous priez ou que vous pensez à vos proches aimés ? Je parie que vous levez les yeux au ciel, tout comme moi lorsque je m'adresse à Papa, à défaut de savoir où diriger mon regard et mes paroles. À moins que vous ne vous tourniez tout simplement vers votre cœur... Au fond, je crois que l'âme de Papa, sa conscience, son esprit, son essence, vit et est présente autour de moi comme l'air que je respire. Présence invisible, subtile mais éternelle.

*

Extraordinaire, surréel, paranormal

Vous l'aurez compris, j'attache une grande importance au sens des mots ! En voici trois autres qu'il me semble essentiel de démystifier, en s'appuyant tout simplement sur leur sens étymologique, car au premier abord ils font très « wouhou yéyé », comme dirait Henny[37], et risquent de fausser le jugement de la personne qui les entend... ou les lit. Par leur connotation, ces termes biaisent facilement notre opinion en suscitant méfiance voire rejet.

---

[37] Ésotériques, quoi !

- *Extraordinaire (extra- + ordinaire)*

Le préfixe « extra- » a le sens de « au-dehors, à l'extérieur ». Extraordinaire : qui n'est pas selon l'usage ordinaire, selon l'ordre commun, qui est au-dessus de l'ordinaire.[38]

- *Surréel (sur- + réel)*

Le préfixe « sur- » vient du latin « super », signifiant « au-dessus de ».
Surréel : 1. Qui semble plus vrai que le réel ordinaire. 2. Qui semble du domaine du rêve ou de l'imagination.[39]

- *Paranormal (para- + normal)*

Le préfixe grec « para- » signifie « à côté de », "pas tout à fait", "à côté de la norme"
Paranormal : qui n'est pas explicable par la science.[40]

Dans la mesure où les évènements dont je parle ne sont pas du domaine de l'explicable, du rationalisable, ces mots sont, dans leur sens littéral, bien ceux qu'il convient d'utiliser pour décrire des faits qui dévient de la norme (subjective) de notre environnement.

Mais voici un angle de vue intéressant : bien consciente de prendre le contrepied de la majorité, la journaliste et médium Patricia Darré suggère que ce que nous qualifions d'extraordinaire / paranormal / surréel ne le serait pas si nous étions plus à l'écoute de nos perceptions : « Tout cela n'est pas extraordinaire, tout cela est normal. Voir des fantômes, c'est normal. Capter des mémoires, c'est normal. Avoir des

---

[38] https://fr.wiktionary.org/wiki/extraordinaire
[39] https://fr.wiktionary.org/wiki/surr%C3%A9el
[40] https://fr.wiktionary.org/wiki/paranormal

prémonitions, c'est normal. C'est le contraire qui ne l'est pas : penser que tout cela est extraordinaire. Il va falloir renverser la vapeur. »[41]

À méditer...

*

Cartésien

« Cartésien » est un autre terme que je rencontre souvent, que ce soit du côté des sceptiques qui ont peut-être du mal à me comprendre du fait de leur esprit très cartésien, ou d'anciens sceptiques, qui se décrivaient comme tels jusqu'à ce qu'une expérience extraordinaire fasse basculer leur vision du monde, comme ce fut mon cas. Le fait que ces expériences autour de la mort touchent aussi des non-croyants (croyez-moi, nous sommes pléthore !) est très intéressant puisque le changement de vie qui s'opère bien souvent par la suite est révélateur de l'impact fort de ces expériences : elles changent fondamentalement et définitivement une personne, ce qui n'est pas le cas pour un simple rêve, dont les souvenirs par ailleurs ne restent pas aussi vivaces et précis que dans un témoignage d'EMI ou de VSCD.

Le terme « cartésien », dérivé du nom du célèbre mathématicien, physicien et philosophe français René Descartes, fait référence à une logique rationnelle, c'est-à-dire basée sur le raisonnement, très ancrée. Nous ne sommes pas ici dans le langage du cœur ou de l'intuition purs. Or, le propre

---

[41] « Patricia Darré : Survivre dans le tumulte. Comment s'adapter aux nouvelles fréquences ? » :
https://www.youtube.com/watch?v=I9czhNlL61E

de l'inexplicable est bien qu'on est en peine de l'expliquer et encore moins de le prouver ! L'intime conviction a peu de place dans ce type de raisonnement.

Le plus souvent, l'adjectif cartésien est utilisé dans le second sens de sa définition :

1. [En parlant d'une doctrine, d'un courant de pensée] Qui a pour auteur ou origine Descartes, qui est formulé par lui.
2. [En parlant d'une pers., de sa manière de penser ou de raisonner] Qui présente les caractères rationnels, rigoureux et méthodiques propres à la démarche intellectuelle et spirituelle de Descartes.[42]

Je souhaite souligner encore une fois l'influence de notre culture de référence et son impact sur notre façon de voir les choses et de penser : si vous êtes français·e, il y a fort à parier que vous avez grandi, plus ou moins consciemment, avec l'héritage de René Descartes, père philosophique du mouvement des Lumières qui contribua au rayonnement de la France au XVIIIème siècle. C'est loin d'être le cas pour mon mari. D'ailleurs, mes tentatives de me faire comprendre en utilisant le terme « cartésien » en anglais (« cartesian ») échouèrent lamentablement. J'essayais pourtant avec une variété d'accents différents, m'emplissant la bouche de patates imaginaires afin que le mot sonne le plus anglais possible. Il me renvoyait toujours un regard vide de poisson interloqué, haussant les épaules. Après consultation de mon dictionnaire français-anglais, je découvris un fait intéressant : le mot anglais « cartesian » ne s'applique qu'au premier sens de la définition donnée plus haut, c'est-à-dire relatif à Descartes. Pour le second sens (celui le plus utilisé, surtout dans notre contexte),

---

[42] https://www.lalanguefrancaise.com/dictionnaire/definition/cartesien

la traduction donne tout simplement les termes « logical » (« logique ») et « rational » (« rationnel »). Il y a donc une différence établie dans le langage-même.

*

Freud et Jung

Qui n'a jamais entendu parler de Freud ? Les travaux (ou plutôt, les traductions des œuvres) de ce neurologue autrichien père de la psychanalyse ont eu une influence considérable dans l'histoire de la psychanalyse française. Carl Gustav Jung, son contemporain suisse psychiatre et psychanalyste est tout aussi connu, mais peut-être moins en France du fait de la domination écrasante de la pensée freudienne. Or, tandis que Freud était sceptique à fond les ballons et rejetait l'idée du paranormal, Jung (qui fut un temps le disciple de Freud) était non seulement convaincu de l'existence de l'au-delà mais entretenait même un intérêt marqué pour le paranormal et la parapsychologie. Il fut en outre à l'origine de la théorie de la synchronicité, dont je reparlerai au chapitre suivant. Voici une traduction libre de propos que Jung tint vers la fin de sa vie : « J'affirme sans hésiter que j'ai été témoin de suffisamment de ces phénomènes pour être complètement convaincu de leur réalité. Ils sont inexplicables pour moi [...] »

Par cette très succincte comparaison entre ces deux monuments de l'histoire de la psychanalyse, je souhaite simplement suggérer que, si j'avais grandi imprégnée d'influences culturelles différentes (si j'avais grandi en Orient par exemple, ou tout simplement dans une culture où Jung aurait été le modèle de référence et non Freud), ma position par rapport à la spiritualité aurait sans doute été bien différente.

*

Voilà. Je vous ai communiqué au mieux et sans prétention quelques pistes de réflexion et j'espère que vous ne vous êtes pas trop ennuyés ! S'il y a une chose que je souhaiterais que vous tiriez de ce que je viens d'exposer somme toute brièvement, c'est que nos perceptions sont limitées. Elles le sont par nos sens, mais aussi par notre langue ainsi que par la culture dans laquelle nous baignons. En conséquent, notre réalité n'est pas forcément « la » réalité (si tant est qu'elle soit universelle ; ce dont je doute également !). Gardons l'esprit ouvert, même face à ce qui nous échappe.

Vous êtes toujours là ? Vous restez encore un moment avec Jung et moi ?

11. Synchronicités

Définie par Carl Gustav Jung dont j'ai déjà parlé précédemment, une synchronicité est l'occurrence simultanée d'au moins deux événements qui ne présentent pas de lien de causalité mais dont l'association prend un sens pour la personne qui les perçoit. Dans son livre sur le sujet[43], Kirby Surprise décrit, plutôt poétiquement : « les évènements synchroniques se produisent lorsque nos mondes intérieur et extérieur semblent se refléter »[44].

Voici un petit florilège d'exemples de ces synchronicités qui me sont « tombées » dessus ces derniers mois. À vrai dire, la grande majorité des signes dont je vous ai déjà parlé étaient déjà des synchronicités. Par exemple, c'est exactement ce phénomène qui s'est produit au moment où j'ai pensé « le CD de Mika » et entendu « Pascal ». Bien sûr que pendant toutes ces années depuis le décès, j'ai toujours eu une pensée pour Papa en entendant Mika à la radio ou en le voyant à la télévision. Ce n'était pas non plus la première fois que

---

[43] SURPRISE, Kirby, *Synchronicity: The Art of Coincidence, Choice, and Unlocking Your Mind*, New Page Books, 2012.
[44] Traduction libre. Je trouve la citation originale fort jolie, si vous connaissez l'anglais : « SE (synchronic events) happen when your inner and outer worlds seem to mirror each other ».

j'entendais prononcer son prénom, mais c'est bien la simultanéité de trois évènements, le troisième étant que cela arriva juste après notre contact médiumnique, qui m'a grandement interpellée et m'a immédiatement fait penser qu'il ne pouvait s'agir que d'un signe de Papa. On ne peut pas beaucoup mieux faire en termes de synchronicité !

*

> *"Le principe de la synchronicité, c'est de lancer un cri dans le vide et de se faire surprendre par l'écho qu'il nous renvoie : nous avons beau être l'auteur du premier son, nous sommes toujours émerveillés de recevoir un retour sonore, détaché de nous-mêmes et à la fois totalement authentique. Cet écho nous permet de comprendre que nous avons été entendus ; cette résonance fait sens en nous et vibre à l'intérieur à tel point que la raconter, c'est déjà un peu la dénaturer."*
>
> *(Anne Tuffigo)*

*

Un matin de mars 2021, je me promenais avec Jaden quand j'ai vu une coccinelle sur un arbuste au coin de notre rue. Jaden les adore ; j'étais donc bien contente de pouvoir la lui montrer et le laisser essayer de la faire grimper sur son petit doigt. Ce n'était pas l'habituelle coccinelle rouge à points noirs : rayée de vaguelettes jaunes et noires, je n'en avais encore jamais vu de telle et ça n'a pas été facile de la retrouver sur internet pour en connaitre le nom mais, vous allez être fiers de moi, j'ai réussi à identifier la bête ! Il s'agit de l'illeis galbula, espèce vivant en Australie (ça tombe bien) et native de Nouvelle-Zélande. J'envoyai une petite pensée à Papa : sans voir de signe dans cette coccinelle, je me rappelai celle qu'Anne-Hélène avait vue pendant qu'elle pensait à lui. Il faut dire que les oiseaux et les insectes, en particulier les papillons, les coccinelles et les libellules sont symboliquement associés à des clins d'œil de l'au-delà. C'est Henny qui le premier m'apprit que, dans la culture chinoise, l'on dit que les défunts manifestent leur présence par le biais d'insectes. Comment en est-il venu à m'en parler ? Une heure ou deux avant l'interview qui allait bouleverser ma vie, Henny était allé récupérer notre linge qui séchait dans le jardin. En remontant à l'appartement, il me dit : « Il y avait une grosse libellule sur la corde à linge. Elle ne s'est pas envolée, même lorsque je me suis approchée pour enlever la pince à linge ! » J'ai dû lui répondre un truc du genre « Ah bon ! », sans trouver la chose particulièrement extraordinaire. Par contre, je m'étais intérieurement étonnée qu'il me rapporte ce fait : Henny n'est pas un grand bavard et ça me paraissait tellement anecdotique... Surtout, je retiens le regard insistant et presque troublé qu'il avait posé sur moi en parlant. Après le contact médiumnique, il me rappela la présence de cette libellule et m'en expliqua la symbolique. Claire C., la jolie madame du site où je vérifiai cette symbolique de la libellule, ne croyait pas si bien dire en écrivant : «la libellule en tant qu'animal spirituel aide à guider les gens dans des situations difficiles où ils se sentent coincés. Les libellules ont la capacité de donner de nouvelles perspectives sur la vie. » [45] Tu m'étonnes...

---

[45]   https://www.espritsciencemetaphysiques.com/regulierement-libellules-signification.html

Un autre jour, je faisais la vaisselle et étais d'humeur un peu cafardeuse lorsque, en regardant par la fenêtre, je vis devant moi plein, peut-être une bonne centaine de libellules qui tournoyaient à ma hauteur ! Cela n'était jamais arrivé et ne s'est jamais reproduit.

Dans *Loreen vit dans l'au-delà*, les proches de la petite fille décédée remarquent également la présence et le curieux manège de certains animaux : « Le comportement de cette libellule était plutôt inhabituel. Pour nous, il était évident que Loreen l'avait influencée. Elle envoie souvent des oiseaux ou des papillons. Nous comprenons que c'est elle qui manifeste sa présence car ils ont un comportement particulier. En juillet 2009, un petit papillon bleu est venu se poser sur la main de Chrystèle[46]. Elle le promenait dans la cour du centre équestre et le montrait à tout le monde. Il n'était pas effrayé. Lorsqu'il s'est envolé, elle a demandé qu'il revienne si c'était un signe de Loreen. Il est revenu se poser sur sa main. J'ai lu des témoignages concernant le comportement d'insectes ou d'oiseaux après le départ d'un être cher. Les entités confirment qu'elles les utilisent pour établir une relation avec nous. Elles disent qu'influencer ces animaux-là est facile à faire pour elles. »

Attention, vu la quantité d'insectes que nous croisons tous au quotidien, il serait trop facile de voir des signes partout. Un signe, lorsqu'il se manifeste comme un mode de communication, se rendra reconnaissable par la constance de sa nature. Nous y reviendrons encore, donc souvenez-vous de cela ainsi que du fait que ces animaux attirent l'attention par leur comportement inhabituel (ils ne fuient pas, se posent sur vous, etc.). Fin de la parenthèse sur les insectes et les oiseaux !

---

[46] La maman de Loreen

Je reprends mon récit qui, si vous l'avez oublié, commence tout simplement par la présence d'une coccinelle au coin de ma rue lors d'une promenade avec mon fils. Une quinzaine de mètres plus loin, en plein milieu de la courte distance entre notre appartement et notre voiture, Jaden et moi sommes tombés nez à nez avec… une chaise de jardin. Une chaise de jardin verte sans accoudoirs, en plastique. Une chaise en parfait état, en plein milieu du trottoir, pas sur le bas-côté où les Australiens abandonnent (illégalement) leurs déchets. En fait, cette chaise à la présence incongrue attira mon attention non seulement parce qu'elle nous barrait littéralement le passage mais aussi car elle était la réplique exacte de celle que nous avons en France et que Papa avait rapportée un jour de l'école où il travaillait, parce que nous avions besoin d'une chaise supplémentaire pour je-ne-sais-plus-quoi. Chaise empruntée et finalement jamais restituée. Au moment même où je m'exclamais intérieurement « la chaise de Papa ! », je vis… une nouvelle coccinelle jaune et noire posée sur le dossier. La synchronicité était trop belle. Si j'avais vu la chaise seulement, ma pensée serait restée limitée à constater qu'il s'agissait de la même chaise que Papa avait chez nous. C'est bien l'association « chaise qui me fait penser à lui » + « coccinelle qui venait de me faire penser à lui » qui m'a fait bondir. Cela de façon très intime, car personne d'autre que moi, aucun autre piéton, n'aurait pu être aussi troublé par la chose. Une coccinelle sur une chaise de jardin dans la rue, et alors ?

> *« Sur le plan de l'expérience, la rencontre avec un événement synchronistique a un tel degré de signifiance pour la personne, mais surtout apparaît d'une manière si fortuite et choquante pour le sens commun (malgré le sens qu'il revêt, ou à cause du*

Signé : Papa

sens qu'il revêt, pourrait-on tout autant dire), que la personne s'en trouve transformée. »

(Carl Jung)

Bien dit, Jung !

*

Je souhaitais porter un bijou évoquant les clins d'œil de Papa dans la vidéo d'Anne-Hélène et ai trouvé mon bonheur en commandant en ligne un pendentif représentant deux plumes blanches sur un fond noir. Deux semaines jour pour jour après « l'épisode de la chaise et de la coccinelle », tandis que Jaden et moi emmenions Lili à l'école, une petite plume blanche me vola au visage et tomba à mes pieds. « Regarde maman, une plume ! », s'écria Jaden. Des mois plus tard, lui qui n'avait alors qu'à peine deux ans à ce moment-là m'en parle encore... Avec sa vie quotidienne si remplie et le nombre de plumes de pigeons, cacatoès et autres volatiles que nous avons trouvées depuis, cela m'étonne. Bref. Sur le trajet retour, nous sommes tombés sur... une illeis galbula. L'association « plume blanche + coccinelle » ne pouvait évidemment que me faire penser très fort à Papa. Eh bien, c'est justement ce matin-là que mon pendentif me fut livré. Papa essayait-il de me dire que ma plume arrivait en m'en balançant une au visage le même jour ? Ça me fait sourire de le penser !

Sébastien :
J'adore ! Un véritable dialogue dans la vie réelle s'est initié entre vous deux.
C'est vraiment très beau.

L'après-midi du même jour, une autre illiei galbula s'est jointe à notre promenade en poussette. Elle s'est posée devant moi, sur la capote, et je l'ai invitée à monter sur le dos de ma main pour la photographier... et pour le plaisir de l'emmener en balade !

*

Autre synchronicité, troublante mais pas marrante, vous êtes prévenus. En 2007, Papa m'avait envoyé par la poste mon nouveau carnet de chèques, arrivé au domicile familial mais qu'il me fit suivre sur Angers où je vivais pour mes études. Les jours puis les semaines passèrent, je ne le reçus jamais. Très contrarié par cette perte, Papa avait fini par se rendre à la banque pour faire opposition sur le chéquier. Quelques mois s'écoulèrent encore. Survint son décès. Le jour des obsèques, à l'heure du déjeuner soit environ deux heures avant la cérémonie, le facteur déposa dans notre boîte aux lettres un courrier à mon nom. Il s'agissait de son courrier. Pour une raison inconnue, il n'arriva jamais à Angers mais fut finalement retourné à l'envoyeur. Dans l'enveloppe se trouvaient mon carnet de chèques ainsi qu'une lettre de Papa qui se terminait par : « Je t'aime ma puce. Papa ». Recevoir ces derniers mots d'amour juste avant ses funérailles m'avait énormément émue...

*

Un soir de septembre 2020, je me sentis totalement submergée par une vague d'émotions. Depuis le contact avec

Signé : Papa

Papa deux semaines plus tôt, je nageais en eaux changeantes, alternant tsunamis émotionnels et périodes de mer d'huile sous un soleil radieux. Je savais que cette vague allait passer si seulement je pouvais m'isoler un petit moment et laisser les émotions me traverser ; j'allai dans la cuisine. C'était compter sans Henny qui, me voyant au bord des larmes, vint essayer de me réconforter en me donnant des conseils, ce qui m'agaça profondément ; je crois d'ailleurs avoir été assez impatiente et expéditive avec lui ! Quand la vague fut passée, je rejoignis Henny dans le bureau pour l'enlacer, et sur son écran d'ordinateur le mot « pascal » me sauta aux yeux.

« Ça fait longtemps que tu as cette page ouverte ?
— Depuis que je suis parti de la cuisine. »

Pourquoi Henny, alors en pleine phase de recherche de composants informatiques pour se construire un nouvel ordinateur était-il en train de lire un article expliquant le pari pascalien ? Le « hasard », sans doute…

*

7 novembre 2020. L'anniversaire de Papa. Date que je ne célébrais plus et à laquelle j'essayais même très fort de ne pas penser. Après tout, ce n'était plus une date spéciale, ce n'était plus son anniversaire et s'il voulait qu'on le lui souhaite, il n'avait qu'à pas mourir ! Voilà ce que je pensais, jusqu'à, évidemment, l'interview. Cette année-ci allait être différente puisque je ne pouvais désormais plus faire semblant « d'oublier » l'anniversaire d'une personne chérie et bien vivante — juste invisible ! Dès mon réveil, grappillant quelques minutes au lit pendant que les enfants rejoignaient la cuisine avec leur *daddy*, je profitai du moment pour m'adresser à lui: « J'appelle Papa… J'appelle Papa… » Me trouvant ridicule à

parler toute seule, je modifiai ma stratégie et demandai : « Si tu es là, tape un coup !» Puis, dubitative, je me ravisai : comment s'y prendrait-il de toute façon ? Impossible...

Boum !

Notre voisin-que-l'on-entend-jamais[47] venait de laisser tomber quelque chose, pile... au-dessus de ma tête ! Splendide synchronicité, n'est-ce pas ! J'ai du coup[48] pu continuer plus sereinement à lui souhaiter un bon anniversaire et passer une bonne journée.

---

[47] Le même voisin dont je parle au chapitre 4.
[48] Le jeu de mots n'était pas intentionnel !

12. « Validation »

Le soir de l'anniversaire de Papa justement, je commençai la lecture de *J'aimerais tant te parler*. Je comprenais mieux le sous-titre « ABC de la communication entre Ciel et Terre », les intitulés des thèmes abordés se succédant dans l'ordre alphabétique. Je parcourais le contenu au gré de mes envies quand je tombai sur le chapitre « Validation », qui m'intrigua. Pour résumer, il s'agirait tout simplement de demander à l'esprit dont l'on pense avoir reçu un message de confirmer que nous l'avons bien compris, en demandant un signe qui peut, au choix, être libre ou précis. Afin d'éviter de rester dans l'attente, Sylvie Ouellet suggère également de proposer une date butoir pour recevoir cette validation. Comment ne pas avoir envie d'essayer sur le champ ?

Je me concentrai : « Papa, si c'est bien toi... (ce dont par ailleurs je ne doute pas mais il faut bien que je demande quelque chose !) Si c'est bien toi qui m'as envoyé tous les signes, les plumes dans la vidéo, tous les titres de livres et de film, est-ce que tu peux me faire un signe dans les 24 heures ? » Ayant déjà assigné un délai court, je décidai de ne pas abuser et lui laisser le choix du signe !

Le lendemain, je repensai à ma requête en me levant, ainsi qu'à quelques reprises dans la matinée. Allai-je recevoir un signe avant le soir ? Je me retrouvais dans un délicat exercice d'équilibre : je ressentais à la fois le désir de ne plus y penser afin de ne pas biaiser l'expérience en risquant de tout prendre pour un signe, et l'inquiétude de risquer de manquer ce signe en n'étant pas assez attentive, quand bien même je savais désormais que les signes surgissent surtout lorsqu'on ne s'y attend pas. Sylvie Ouellet l'explique très bien : « Au fond, [...] c'est la question implicite ou explicite qui compte. Lorsque la réponse à cette question arrive, on la reconnait toujours, que nous demandions un signe particulier pour la comprendre ou non. C'est le ressenti du cœur qui nous le fait réaliser. Inévitablement, une vibration s'installe dans notre corps et elle ne peut passer inaperçue, car il s'agit de la joie pure, une joie réellement profonde, inexplicable et si soudaine. »

L'après-midi, je décidai de ranger mon bureau, tâche à laquelle je m'attelle trop rarement à en juger par les sempiternelles piles de paperasse qui m'exaspèrent. En triant, je retombai sur la lettre que Henny m'avait offerte le jour de Noël et dont je vous ai déjà parlé : celle dans laquelle il me dit que je ressemble à Papa, combien il aurait aimé le rencontrer et combien il doit être fier de moi. À la relecture de cette lettre, les yeux mouillés, je me suis demandée si ce qui m'avait poussée à ranger mon bureau pour retrouver et relire cette lettre pouvait être ma validation… Quelque chose me disait que oui et pourtant, je ne ressentais pas cette évidence fulgurante que j'ai déjà évoquée, cette « joie réellement profonde, inexplicable et si soudaine » si justement décrite par Sylvie Ouellet.

C'est alors que mes yeux se posèrent sur mon téléphone où un message vocal d'Anne-Hélène venait de s'afficher. Sa voix trahissait une nouvelle fois une grande émotion : « Jessica, je suis en train d'écouter ton message [...], je t'entends parler, et j'ai une plume qui est dans le jardin, et qui vole, qui vient de passer devant ma fenêtre. Alors, là, elle est partie, mais c'est la première fois que ça m'arrive. […] Mais là, je suis bouleversée, parce que j'ai une jeune femme qui a pris contact avec moi. Elle s'appelle Florence Contes[49] […] et elle me fait penser à toi dans la mesure où elle a perdu son papa, mais, alors, pas du tout dans les mêmes circonstances que toi. […] Elle m'a touchée cette jeune femme. Et depuis le décès de son papa, elle a pas mal de signes. […] Et elle m'a envoyé une photo de son papa et je ressens la même intensité que ton papa, c'est-à-dire quelqu'un vraiment de puissant, qui a vraiment envie de transmettre des messages, de correspondre avec sa fille, de pouvoir dialoguer avec sa fille. Et je retrouve vraiment des similitudes entre ce papa et ton papa, et je suis très émue, très touchée. Et à ce moment-là, donc, j'écoute ton message, et je vois cette plume qui flotte... mais je t'assure, elle flotte !! Et elle est passée comme ça en volant. Voilà, une petite plume, c'était trop beau. »

La voilà donc, la validation attendue. Sans l'ombre d'un doute, cette fois. Je me mis à pleurer. Il est trop fort, Papa. Séparés les uns des autres, il a réussi à orchestrer, dans une parfaite synchronicité, une convergence de nos pensées, reconstituant notre trio du 9 septembre dernier où il était le lien entre Anne-Hélène et moi. Ainsi, pendant que je lisais ma lettre, très émue en pensant à lui, pendant cette *même* minute de temps, Anne-Hélène était en train de m'enregistrer un message vocal, dans lequel, très émue elle aussi elle me dit également penser à lui. Et la plume !

*« Lorsque la réponse arrive, non seulement
nous le savons, mais nous le ressentons dans notre*

---

[49] Florence Contes est l'auteure de *Le crabe et les étoiles*, paru en 2019.

corps tout entier. »

(Sylvie Ouellet)

Je partageai bien sûr cette expérience avec Anne-Hélène et Sébastien, tous deux unanimes et semblables dans leurs propos :

> *Anne-Hélène :*
> *Ce que je trouve extraordinaire, c'est que c'est vous qui mettez en place les codes, et que tu suis ton ressenti, tu suis ton instinct. [...] Et je réinsiste sur l'énergie que ton papa met à rentrer en contact avec toi, et je trouve ça fabuleux.*

> *Sébastien :*
> *Une grande énergie de la part de Pascal.*
> *C'est ce que je retiens de ton merveilleux témoignage.*
> *Je valide tout évidemment. J'adore et je crois à 100%, et même à 300% pour le coup, à ces synchronicités.*
> *Tu as ouvert un formidable canal de communication avec ton père, rien ne peut me rendre plus heureux pour toi, car je pense que c'est aujourd'hui ce qu'il manquait à ta vie.*

13. Aparté ornithologique

Tôt un matin de novembre 2020, je suis descendue acheter du pain à la boulangerie du coin. En sortant de l'immeuble, je poussai un cri et m'éloignai en courant de la porte. La raison ? D'une part, la surprise de tomber nez à bec avec une pie australienne[50]; d'autre part parce que toute personne avisée en Australie se méfie de cet oiseau entre septembre et décembre : protecteur et territorial, il est bien connu pour attaquer tout passant ou cycliste ayant la mauvaise idée de s'approcher de son nid au printemps[51], période de reproduction et de naissance de ses jeunes. Les attaques visent surtout la tête et les yeux ; mon petit Jaden et moi en avons déjà fait les frais, ayant chacun été touchés près de l'œil mais n'écopant heureusement que de simples égratignures. Je vous invite à rechercher sur la toile des photos de pies australiennes ; leur taille est bien supérieure à celle de la pie européenne et leur bec massif est la dernière chose que vous auriez envie de sentir frapper votre crâne !

---

[50] « L'oiseau est également connu sous d'autres noms comme ["cassican flûteur"], "pie flûtiste", "corbeau flûteur" et, sous une forme analogue à la forme anglaise, "pie australienne". »
Wikipédia :https://fr.wikipedia.org/wiki/Cassican_fl%C3%BBteur
[51] En Australie, c'est bien le printemps entre septembre et décembre.

De retour de la boulangerie, j'avançais avec précaution, prête à sprinter en me protégeant le visage en cas d'agression. Oh non, elle était toujours là, assise dans le petit coin près des sonnettes et de l'interphone. Mais ! ces petites plumes ébouriffées, ces restes de duvet... c'est un bébé ! Qu'est-ce que tu fais là, toi ? Tu ne sais pas voler ?

Et voilà que je cessai de craindre pour moi-même et commençai à m'inquiéter pour le jeune oiseau, qui de toute évidence était tombé du nid sans pouvoir y remonter. Et nos voisins qui sortent leur chien tous les jours... La jeune pie risquait de se faire tuer, sinon par lui, alors par d'autres chiens, un chat, ou même un renard si aucune solution n'était trouvée rapidement. C'est ainsi que je passai le plus clair de la journée à contacter des refuges, le vétérinaire du quartier, et consulter internet pour savoir que faire. Ironiquement, c'est moi qui me retrouvais à prendre l'oiseau sous mon aile ! La vétérinaire chez qui l'on m'avait conseillé de le déposer eut l'honnêteté de me prévenir que, le jeune oiseau n'appartenant pas à une espèce menacée, il serait certainement euthanasié si je l'amenais à la clinique. Hors de question !

Je finis par identifier les parents de mon petit protégé. C'était déjà une bonne chose qu'ils ne l'aient pas abandonné mais le pauvre oiseau ne pouvait pas pour autant s'arracher du bitume... Quelques heures s'écoulèrent avant que, grâce à la solidarité des réseaux sociaux, un jeune homme du quartier expert en ornithologie et ancien employé de refuge animalier (quelle veine !) vienne nous prêter main forte. Notre rue étant très passante, les voisins et moi nous relayions pour nous assurer que le juvénile allait bien, ne s'approchait pas de la route et ne manquait pas d'eau. Fait remarquable, les parents n'ont jamais cherché à nous attaquer, même lorsque leur petit se mit à crier, un brin paniqué quand son bienfaiteur, hissé sur un tabouret et équipé d'un manche à balai, le percha à l'abri des prédateurs près d'un nid que nous supposions être le sien. Je suis persuadée que ses parents comprenaient nos intentions bienveillantes. Les jours qui suivirent, la famille réunie nous gratifia régulièrement de chants joyeux et nous avons même pu voir notre jeune protégé s'entrainer à voleter dans le jardin, jusqu'à ce qu'il prenne son envol définitif. Nous nous réjouissions tous d'être les témoins de ses progrès et de le savoir en vie. Si je n'avais pas remué ciel et terre pour lui ce jour-là, il n'aurait pas passé la nuit.

Fin de la jolie histoire… Que je ne vous raconte évidemment pas par hasard !

14. Pie et Petit Prince

Cinq jours plus tard, préoccupée par une question de santé, je pris rendez-vous chez le médecin pour le jour-même afin de ne pas me laisser trop de temps pour gamberger et angoisser sur le diagnostic. Avant de me rendre au cabinet médical, je faisais la vaisselle, anxieuse. Enfin, la vaisselle allait très bien, rassurez-vous, c'est moi qui étais anxieuse — je suis quelque peu hypochondriaque. Les mains couvertes de mousse, regardant dans le jardin depuis l'évier, je tentai de trouver un moyen de me rassurer en m'adressant à Papa : « Peux-tu me dire si ça va aller ? Est-ce que, si ce n'est pas grave, tu peux me faire un signe ? Bon, je sais que ça fait un peu juste, j'ai rendez-vous dans une demi-heure... » Je ne risquais pas grand-chose à solliciter une validation de dernière minute, car je pourrais toujours penser en l'absence de signe qu'il n'y avait pas eu assez de temps au lieu de me dire que l'issue du rendez-vous serait grave. Au moins ce petit test me divertirait en attendant l'heure du rendez-vous.

Il valait mieux que je propose un signe de reconnaissance parce que si, en plus du manque de temps et en état de stress, je devais décoder, ça faisait beaucoup ! « Peut-être... ma pie ? Tu sais, la jeune pie que j'ai secourue : si je sors et que je la vois, je saurai que ça va, que c'est toi... » Puis, me ravisant en me rendant compte que je n'allais pas sortir par le jardin : « Ou si je trouvais un gros insecte sur la voiture, bien en évidence... » La vaisselle faite, je me mis en route. Aucun insecte à signaler sur la voiture. Tant pis !

Le médecin ne sembla pas alarmé, à mon grand soulagement. Je ressortis plus légère et avec une ordonnance pour une échographie de contrôle destinée à nous rassurer tout à fait. À quelques mètres du cabinet, je vis une pie assise dans l'herbe bordant le trottoir de la petite rue où j'étais garée. D'ordinaire toujours affairées et sautillantes, celle-ci restait immobile. Devant son comportement inhabituel, ma méfiance quant à une attaque éventuelle s'envola. Remarquant que les plumes de ses ailes se croisaient sur son dos, je soupçonnai un problème et m'arrêtai pour lui parler : « Ça va ? » Même s'il était inutile d'espérer obtenir une réponse, je continuai : « Mais qu'est-ce que tu fais là, toi ? Tu peux voler ? T'as mal à ton aile ? »

La pie me regardait, je dirais même qu'elle me fixait intensément, penchant légèrement sa tête sur le côté et entrouvrant le bec. On aurait juré qu'elle cherchait à communiquer avec moi ! L'oiseau n'avait vraiment rien d'ordinaire, ni dans son comportement ni dans son apparence : ses yeux étaient bleus... J'ai depuis essayé de retrouver, dans la rue et sur internet, d'autres pies aux yeux bleus comme les siens, sans succès : ils sont toujours marron. Pensant l'oiseau en danger, je tentais d'élaborer un plan de sauvetage ; ce ne serait jamais que le deuxième cette semaine-là ! J'avais une serviette dans la voiture, que je pouvais lui mettre sur la tête pour éviter qu'il ne panique et me donne des coups de bec, en revanche je n'avais pas de boîte pour le transporter. Pour lui éviter l'euthanasie, je pourrais la confier au sympathique jeune homme qui avait aidé mon petit protégé tombé du nid... La forte chaleur de l'après-midi me sortit de mes pensées. Je portai la main à ma tête : elle était déjà brûlante ! Cela ne devait pourtant pas faire plus de deux minutes que j'étais sortie du cabinet médical ; depuis combien de temps « ma » pie attendait-elle en plein soleil ? Je décidai de parer au plus pressé et de lui donner un peu d'eau. Je dévissais ma bouteille… et la pie s'envola en chantant ! Formidable, elle allait donc bien.

Je montai en voiture, m'assis au volant… et c'est là que je reçus comme un coup de massue, sensation désormais familière… La pie ! J'avais demandé à Papa une pie pour me rassurer sur le fait que j'allais bien il y avait à peine une heure de cela ! Et celle-ci, avec ses yeux bleus, en plein sur la courte distance entre le médecin et la voiture, je ne pouvais pas la rater… Occupée que j'avais été à essayer de trouver une solution pour l'aider, je n'avais pas fait le lien. C'est le propre du signe que de vous prendre par surprise, n'est-ce pas ?

Merci encore pour le réconfort.

*

Encore toute émerveillée et reconnaissante du signe que je venais de recevoir, je remontais chez nous, poussais la porte d'entrée et fus accueillie par ma Lili : « Tiens, tu as du courrier ! »

Deux jours plus tôt, nous avions emprunté à la ludothèque une grande boîte à lettres rouge[52] accompagnée d'un sac de toile destiné à lever le courrier. En rangeant mon bureau la veille, j'avais retrouvé, outre la lettre de Henny déjà évoquée, tout un tas d'enveloppes et de cartes de vœux et cartes postales que j'avais données à Lili pour jouer à la poste. Ma petite

---

[52] couleur du service postal australien.

factrice me tendit une jolie enveloppe, dont je sortis une carte à l'effigie du Petit Prince. Mes amis me l'avaient envoyée, connaissant mon amour pour ce personnage. Petite, Papa m'avait donné sa vieille édition du grand classique de Saint-Exupéry, dont il manquait la couverture et dont la reliure avait été rafistolée à grands renforts de ruban adhésif. J'adorais quand il me racontait l'histoire de l'allumeur de réverbères. Au fil des années, j'ai fini par accumuler une collection autour du Petit Prince, notamment une trentaine d'éditions de l'ouvrage, versions collector ou traduites dans différentes langues, mais aussi des figurines (cadeau de Papa), une tasse, un porte-clés, des porte-documents, les fameuses cartes postales, et j'en passe.

Je « reçus » donc cette carte Petit Prince et lus la citation qui l'accompagnait. Une nouvelle fois, ce fut l'électrochoc.

« Toi, tu auras des étoiles comme personne n'en a. »

Cela ne peut s'expliquer de façon rationnelle (comme à aucun autre moment d'ailleurs !), mais je *sus* intensément qu'il s'agissait d'un message, deuxième clin d'œil de la journée pour me signifier son amour et sa présence éternels à mes côtés. Autre fait troublant : alors que je prétends connaître *Le Petit Prince* par cœur, je ne parvenais pas à me rappeler cette citation. J'ai donc dû en rechercher le passage, que je redécouvris non sans une grande émotion. Il s'agit des mots d'adieu que le Petit Prince adresse à l'aviateur pour le consoler avant de partir rejoindre le ciel : « Toi, tu auras des étoiles comme personne n'en a, quand tu regarderas le ciel la nuit, puisque j'habiterai dans l'une d'elles, puisque je rirai dans l'une d'elles, alors ce sera pour toi comme si riaient toutes les étoiles. Tu auras, toi, des étoiles qui savent rire »[53].

---

[53] SAINT-EXUPÉRY, Antoine, *Le Petit Prince*, chapitre XXVI, 1943.

Cet extrait du *Petit Prince*, œuvre qui a toujours créé une complicité entre nous deux, vient ainsi s'ajouter à la série de titres et citations qui apparaissent comme un mode pour me communiquer des messages.

> *Anne-Hélène :*
> *Je trouve ça super que ton papa puisse venir te rassurer, c'est vraiment magique. Et puis cette phrase du Petit Prince, moi je trouve qu'elle a tout son sens et c'est vraiment trop trop beau. Symboliquement, c'est… et puis c'est comme s'il te parlait ! Je trouve ça vraiment génial !*

*

Pendant une colère de Lili dont les mots me meurtrirent particulièrement, j'ai laissé les enfants à Henny et suis sortie faire un tour pour essayer de me calmer et de sécher mes larmes. Revenue devant notre immeuble, alors que je m'apprêtais à insérer la clé dans la serrure de la porte d'entrée, un objet métallique tomba à mes pieds. Ding ! Tout en me baissant pour le ramasser, je me demandai comment une de mes clés avait pu sortir de l'anneau du porte-clés et me rendis compte que c'était en fait ma figurine Petit Prince qui s'en était détachée. Je n'avais jamais remarqué que le maillon qui le reliait à la chaine du porte-clés était ouvert… J'essayai de le refermer, en appuyant dessus d'abord doucement, puis de toutes mes forces, mais le métal ne bougea pas d'un pouce. Comment avait-il pu s'écarter ainsi tout seul ? Incrédule, regardant mon Petit Prince au creux de ma main, j'eus soudain le sentiment que Papa m'envoyait un nouveau clin d'œil, un peu du réconfort dont j'avais tant besoin à ce moment-là.

Signé : Papa

*

On ne voit bien qu'avec le cœur, l'essentiel est invisible pour les yeux...

(Antoine de Saint Exupéry, Le Petit Prince)

15. Miroir

« Scrutez le miroir pour découvrir le fantôme qui s'y cache. »
(Anne Rice, Le violon)

Alors que j'en avais presque terminé de rassembler les éléments de mon témoignage, de nouveaux évènements m'ont poussée à en ajouter un chapitre : la conviction d'avoir vu à plusieurs reprises le visage de Papa superposé sur mon propre reflet. Ces apparitions se produisirent toujours dans les mêmes circonstances, alors que j'étais encore dans mon lit, au réveil de sieste (depuis que je suis maman, je ne survis pas sans ma sieste quotidienne !). Je précise tout de suite que j'étais bien réveillée et me sentais reposée et détendue. La chambre était baignée de la légère pénombre que des rideaux tirés procurent en milieu de journée. Dormant sur le côté, je fais face aux larges miroirs coulissants de la penderie de notre chambre.

La première fois, alors que mes yeux rencontrèrent fortuitement le miroir, je fus frappée de retrouver le regard de Papa dans le mien. Hormis la couleur des yeux, qui restait la mienne, leur forme et leur expression étaient en tous points les siens. Sur le coup, j'ai pensé que je devais vraiment lui ressembler. La deuxième fois, qui était deux ou trois semaines plus tard, j'eus l'impression très troublante de voir le temps de quelques secondes les traits de Papa superposés aux miens dans le miroir. Était-ce le fruit de mon imagination ?

Une dizaine de jours s'écoulèrent encore quand j'y repensai et décidai de voir sur internet si je pouvais trouver des témoignages similaires à mon expérience. Ces recherches ne s'avérèrent pas très fructueuses : j'y trouvai que les malades atteints de schizophrénie, trouble psychotique dont je ne souffre évidemment pas, pouvaient être en proie à des hallucinations incluant la vision de personnes décédées[54]. J'y trouvai aussi la notion de « mirror gazing »[55], méthode décrite par le pédagogue français et fondateur de la philosophie spirite Allan Kardec, selon laquelle il serait possible de voir le reflet de personnes décédés dans un miroir. Différences non négligeables d'avec mon expérience : d'une part il s'agissait de séances de spiritisme (de mon côté, le phénomène survenait de façon spontanée) ; d'autre part dans cette méthode la personne qui contemple le miroir est décalée sur le côté de sorte qu'elle

---

[54] Je ne suis pas médecin mais vais tout de même avancer mon hypothèse à deux francs six sous : et s'il était possible que cette pathologie permette réellement aux malades de voir ce qui nous échappe, renforçant par-là même notre conviction de leur folie ? Il s'agit juste d'une piste de réflexion ; je me doute bien que cette psychose repose sur des facteurs multiples et complexes.

[55] J'effectue souvent mes recherches en anglais, où il me semble avoir accès à un plus grand nombre de résultats. Paradoxalement, alors qu'Allan Kardec est un de mes compatriotes, je n'ai pas réussi à trouver dans mes recherches l'équivalent français de cette expression. Ma traduction serait quelque chose comme « contemplation dans un miroir ».

ne se voit pas elle-même dedans. Le seul résultat[56] se rapprochant de ce que je pensais avoir vécu était une phrase du très généraliste site Wikihow, sur une page recensant différentes façons de communiquer avec des défunts : une courte section décrivait la contemplation dans le miroir, en se tenant cette fois face à lui : « Ouvrez lentement les yeux et regardez dans le miroir. [...] Même si l'image est floue *ou se superpose à la vôtre*, vous devriez pouvoir voir l'image de l'être aimé décédé dans le miroir. » Ou se superpose à la vôtre ! L'article suggère par ces mots qu'une telle chose serait effectivement possible ! Cela me serait arrivé à moi ? Le doute s'installa un peu plus dans mon esprit : simple ressemblance physique, imagination... ou vision réelle ? Je notai mentalement de me renseigner davantage sur le sujet plus tard, et allai déposer les enfants à l'école et à la crèche.

L'après-midi du même jour, alors que je me réveillais paresseusement de ma sieste, je sursautai et faillis faire tomber le téléphone que je tenais à la main. Dans le miroir, j'avais la tête de Papa. J'étais lui. Il était moi. Cette fois, aucun doute possible. Je n'osai détacher mon regard de peur de le perdre. Lentement, mes yeux scannèrent avec curiosité et émerveillement chaque détail du visage tant aimé. J'y reconnaissais définitivement la pétillance et la sagesse du regard, la forme exacte du visage ainsi que celle de l'œil autour

---

[56] Depuis, j'ai trouvé une seconde source. Sylvia Kramer, spécialisée dans la communication animale, écrit : « Vous pourriez voir un être cher dans la chambre, ou au travers l'œil de votre, lorsque vous êtes pleinement éveillé·e. [...] Une vision peut prendre la forme du visage d'un être cher dans le miroir, une fenêtre, ou même brièvement en surimpression sur le visage d'un autre être ! » Sylvia Kramer : http://doccdn.simplesite.com/d/91/d3/283163831865037713/88 38a7f9-6d85-4953-9016-616e9d831fe5/Signes%2Bque%2BlAu-del%2Bcommunique%2Bavec%2Bvous.pdf

duquel le temps avait dessiné des pattes d'oie ; je parcourais le nez, qui était le sien, remarquais la légère perte d'élasticité de la peau au niveau des joues, retrouvais le tracé de sa bouche... Cela dura peut-être 30 à 60 secondes, puis s'estompa. J'étais de nouveau moi. Et cette fois, j'étais convaincue de la réalité de la scène. Je n'avais éprouvé aucune peur (ce qui n'aurait certainement pas été le cas si j'avais vu une apparition dans la pièce !) puisque c'était moi que je regardais dans le miroir... à ce « détail » près que ce n'était pas moi.

À mesure que la journée avançait, mon trouble grandissant avait fini par prendre toute la place dans mon cœur et mon esprit, et c'est littéralement tournant comme une lionne en cage dans la cuisine que j'attendais le retour de travail de Henny, surveillant l'heure sur mon téléphone toutes les trente secondes[57]. J'avais terriblement besoin de parler. Henny invoqua d'abord ma ressemblance physique avec Papa. Non, m'étranglai-je à moitié, je connais mon reflet ! Je me vois tous les jours et n'ai pas pour habitude de me prendre pour quelqu'un d'autre ; seulement là, ce n'était pas moi ! Juste avant de partir récupérer les enfants, j'avais encore jeté un coup d'œil dans le reflet du micro-ondes afin de vérifier qui s'y trouvait et aucun doute, il s'agissait bien de moi, Jessica ! Alors, peut-être étais-je fatiguée ? avança Henny. Encore une fois non : je venais de me réveiller et me sentais parfaitement détendue ! Il avoua donc n'avoir aucune autre explication.

Au fait : ce jour-là, nous étions le 17 mai.

Jour de la Saint Pascal...

---

[57] Si vous souhaitez faire passer le temps plus vite, je vous déconseille cette technique : elle le ralentit au centuple !

Jessica Triquenot

*

« *Prendre conscience, c'est transformer le voile qui recouvre la lumière en miroir.* »

(Lao-Tseu)

16. Fréquence des signes, addiction

Je vous entends dire : « Ça en fait des choses ! ». Oui, en comparaison avec d'autres qui n'ont jamais perçu de messages, signes ou validations, j'admets que j'ai beaucoup de chance. De chance... ou simplement d'ouverture à ces signes ? Une fois la porte ouverte, je vous assure qu'il devient plus facile, puis même naturel de ressentir une connexion constante avec le monde invisible. Nous ne sommes en effet jamais seuls, que nous ayons besoin de réconfort, d'aide ou de guidance dans nos décisions. Explications.

Les signes, reçus en cascade dans la semaine suivant l'interview, tendent à s'espacer pour revenir parfois dans des moments-clé de ma vie. Ils disparaitront peut-être totalement un jour, comme cela semble être souvent le cas, l'âme aussi ayant besoin de poursuivre son chemin. Ce qui m'amène à un point important : celui du double deuil. Le premier deuil étant celui auquel nous sommes confrontés à la mort de l'être aimé et le second lorsque nous cessons de percevoir des signes de lui. Le terme « deuil » peut sembler exagéré, les signes apportant un apaisement profond et incontestable ; pourtant, le bonheur de les recevoir est si addictif qu'une mise en garde s'impose. Quand les consultations médiumniques et autres séances spirites (tarot divinatoire, etc.) deviennent un oxygène et empêchent d'avancer dans la vie sans validation externe, cela devient problématique. Comment ne pas souhaiter que les signes durent toujours ? Comment ne pas ressentir de la tristesse et un nouvel abandon lorsqu'ils cessent ? En nous souvenant tout simplement que nous n'avons jamais été abandonnés. Patricia Darré dit que c'est à nous de nous élever et de réussir à continuer notre chemin, afin de laisser l'être aimé poursuivre son évolution de son côté[58]. Elle ajoute : « si notre cœur reste ouvert, nous ne souffrons pas du manque de ceux qui partent, car nous nous remplissons de l'amour qu'ils nous envoient. »[59] Je compris tout cela moi-même assez vite et le dis à Papa : « Je suis contente de savoir que tu vas bien. Moi je vais bien aussi, ça va beaucoup mieux. Si tu as des choses à faire, fais ce que tu as à faire et reviens de temps en temps me donner un signe, si tu le peux, cela me fera plaisir… »

Un jour où j'abordai le sujet avec Anne-Hélène, elle me confirma : « La fréquence, c'est vous qui allez la décider tous les deux. Je ne pense pas que l'on dérange quelqu'un qui est décédé quand on l'appelle, ou quand on est en contact avec lui. Pas quand c'est fait avec cette dynamique positive, tu vois. On peut déranger quelqu'un dans l'au-delà si on pleure, si on l'appelle tout le temps parce qu'on est dans la détresse, dans la souffrance. C'est vraiment différent. Toi, tu l'appelles, mais positivement, donc c'est génial. Je te garantis avec toute ma force, toute ma conviction, que ce ne sont que des messages d'amour et de protection que ton papa t'envoie. Et lui, ça le

---

[58] De nombreux témoignages se recoupent et s'accordent sur le fait que les âmes désincarnées continuent d'apprendre, ont des missions, des rôles dans l'autre monde. Cela ne signifie en rien qu'elles nous oublient. Elles viendraient souvent jeter un coup d'œil sur nous et viendront nous chercher lorsque nous aurons « fini notre partie », voir chapitre 18.
[59] DARRÉ, Patricia, *Mes rendez-vous avec Walter Höffer*, éd. Michel Lafon, 2021.

rend, mais tellement, heureux d'avoir pu passer, de continuer à passer tous les messages qu'il t'envoie. C''est magique, et c'est puissant, et c'est bienveillant. Et je n'en doute pas une seule seconde. Je sais, je le sais. C'est un exploit que ton papa fait. Et s'il était mal, il n'aurait pas la capacité de t'envoyer de tels messages, alors ça, j'en suis persuadée ! Ou il t'enverrait des messages pas positifs. Et puis, tu te sentirais triste, tu te sentirais plombée, avec une grande souffrance et un grand poids, tu dormirais mal la nuit… Tu irais mal si ton papa allait mal. Alors que, là, c'est tout le contraire, et je le ressens profondément dans mes tripes. Cette force que ton papa t'envoie au travers de ces messages… Cette communication est exceptionnelle. [...] Je sais que ce n'est que de l'amour, de la force, de la joie et de la lumière. »

*

« Au départ, lorsqu'il a été dit qu'il fallait laisser les morts avec les morts et ne pas les déranger, le but premier était de libérer l'âme des attaches terrestres pour qu'elle ne se sente pas coupable de partir ou responsable de notre malheur ; cela ne signifie pas de ne plus jamais être en contact avec elle. L'amour inconditionnel élève toujours. Il serait donc inconcevable de croire qu'il puisse nuire à qui que ce soit. »

(Sylvie Ouellet)

17. En parler autour de soi ?

Suite à tous ces évènements, je peux non seulement parler enfin de Papa, mais je m'intéresse aussi à tout ce qui touche à l'après-vie, aux énergies et à la spiritualité. Qu'en est-il des réactions (toutes légitimes !) de mon entourage lorsque je partage mon histoire ?

Il y a ceux qui croient instantanément et se réjouissent, évidemment, de cette expérience qu'ils qualifient de magique et magnifique. Souvent, ces personnes étaient déjà ouvertes à la spiritualité et envisageaient l'au-delà, au moins comme une possibilité, sinon comme une certitude.

Il y a ceux qui se montrent plus circonspects, essaient de trouver des explications alternatives plus logiques... ce qui n'est pas toujours possible. Ma belle-sœur a un jour demandé à voir la vidéo YouTube d'Anne-Hélène, intriguée par les phénomènes fantômatiques blancs que je lui rapportais, notamment la plume. Lorsqu'elle les vit à l'écran, l'air interloqué, elle a aussitôt demandé à ce que je les repasse, ce que je fis bien sûr, plusieurs fois, avec arrêts sur image. Elle conclut en me disant : « Alors là, je n'ai d'explication à ça ! », ce qui me fit sourire tendrement car, d'explication, il n'y en a certainement aucune autre que celle que vous connaissez déjà...

Les réactions sceptiques sont à la fois un garde-fou

nécessaire et... quelque peu rabat-joie, je l'avoue ! Il est humain après tout que de désirer se sentir comprise, pouvoir partager son expérience et contribuer à apaiser « ceux qui restent ». Et il est à mon avis aussi important, bien évidemment, d'user de son esprit critique et ne pas tout prendre pour argent comptant que de savoir accepter que l'on ne peut tout expliquer. Les réactions-type des plus cartésiens s'expriment dans ces grandes lignes : « Si ça te fait du bien et que tu vas mieux, c'est l'essentiel. » Certes, je vais (tellement) mieux ! Ou encore : « Tu avais peut-être besoin d'être apaisée ». En plein dans le mille, une fois encore. Je suis cependant convaincue que ce n'est pas *mon inconscient* qui a cherché à m'apaiser mais bien *Papa* qui, lorsqu'il a demandé avec insistance à Anne-Hélène de transmettre son message, l'a fait dans le but unique de réparer, de me réconforter pour m'aider à avancer avec plus de légèreté, me demandant entre autres de repenser à tous les bons moments que nous avons partagés plutôt que de focaliser uniquement sur sa mort. Ces souvenirs avaient d'ailleurs été si bien enfouis qu'il me fallut d'importants efforts pour commencer à les faire émerger. « Tu as peut-être besoin d'y croire », ou « Ton inconscient te dit que tu as besoin de parler de lui maintenant » : ces explications sont une fois encore tout à fait légitimes et plausibles, à ce bémol près qu'elles ne correspondent pas du tout à ce que je ressens. Je n'ai pas besoin d'y croire : j'y crois. Je n'ai pas besoin de parler de Papa, j'en ai envie. Ou plutôt, j'ai envie de raconter ces choses folles qui ont changé ma vision du monde en un claquement de doigt car, de façon non plus personnelle mais cette fois générale, les perspectives que ce recadrage laisse entrevoir sont tellement passionnantes et réconfortantes que c'est bien pour cela que je souhaite les partager. Peut-être que, après ma conversation avec les plus cartésiens d'entre vous, se sera instillé un tout petit doute, l'entrevue d'une possibilité que vos êtres aimés sont toujours vivants…mais sous une autre forme. Peut-être que mon récit vous aura apporté matière à réflexion et, qui sait, que votre curiosité grandissant vous aurez envie, au moment que vous seuls jugerez opportun, de vous intéresser au sujet[60]. Peut-être resterez-vous sur votre position première, ou peut-être vivrez-vous un éveil spirituel. Peut-être que mon témoignage ne vous marquera pas, que vous l'oublierez et que ça ne changera rien. Peut-être aussi qu'il changera tout. Dans tous les cas, c'est ok pour moi.

Il y a ceux qui me prennent pour une folle. Non, en fait ce cas de figure ne m'est pas (encore) arrivé, ou du moins personne n'a laissé transparaitre cette réaction mais il faut bien l'envisager ! Si c'était le cas, je dois dire que je n'en perdrai pas le sommeil. J'ai rapporté, comme je le fais toujours, ce que j'ai vécu avec la plus grande exactitude possible ; ceux qui connaissent mon côté perfectionniste n'en douteront pas. Libre à chacun de se forger sa propre opinion. Si raconter m'expose certes à la critique, ce que pensent les autres de moi ne m'a jamais inquiétée.

*

> *« Lorsque vos yeux ne voient plus ceux que vous aimez, mais que votre cœur les sent encore battre à l'unisson près de vous, quel camp rejoindre ? Celui de la raison, du mental ou celui de l'intuition, de la perception ? [...] Il y a toujours quelqu'un pour vous dire que vous vous racontez des histoires, que vous fabulez. Je veux bien*

---

[60] Voir chapitre 20.

Signé : Papa

continuer à fabuler, si c'est pour recevoir de grandes leçons de vie. »

(Anne Tuffigo)

*

Enfin, une réaction qui m'a vraiment prise de court la première fois que je l'ai entendue est : « Pourquoi moi je n'ai jamais reçu de signes [de ma grand-mère, de mon papa, etc.] ? » Hé oui, je n'avais pas envisagé, dans ma seule intention de partager des sentiments positifs de joie, d'espoir et d'émerveillement, que cela pouvait faire effet boomerang et infliger de la peine à « ceux qui n'ont rien eu ». Tout d'abord, il existe la possibilité que vous n'ayez tout simplement pas *perçu* ces signes. Rétrospectivement, je me rends compte que Papa avait essayé de m'envoyer des signes gros comme des maisons (il fallait bien ça !) et que j'aurais continué à louper tous les autres s'il n'avait pas pu me mettre au pied du mur en s'incrustant dans mon interview ! Mais surtout : les médiums sont unanimes sur le fait que ne pas capter de signe n'a rien (je répète : RIEN !) à voir avec l'intensité de l'amour et du lien unissant deux êtres. D'ailleurs, comme Evelyn Elsaesser le constate[61], la personne qui reçoit un signe est parfois un ancien collègue, un voisin, un parent éloigné de l'être décédé. Les proches aimés seraient en droit de se demander pourquoi cela ne leur est pas arrivé *à eux*. Enfin, il semblerait tout simplement que, parfois, les défunts ne *puissent* pas envoyer de signes : « Il y a ceux qui passent dans une autre sphère, mais qui, pour des

---

[61] ELSAESSER, Evelyn, *Quand les défunts viennent à nous : Histoires vécues et entretiens avec des scientifiques*, éd. Exergue, 2017.

raisons qui leur appartiennent, ne vont pas avoir la possibilité de communiquer, voire l'autorisation de le faire. La mort sert à changer d'état et de vision. Un défunt ne peut sans cesse revenir en arrière et s'aligner dans la vision de ceux qui sont restés. C'est à eux de s'élever, ce n'est pas à lui de revenir en arrière. »[62]

Sylvia Kramer suggère, avec sagesse : « Si vous n'avez pas reçu [de] signe, vous pouvez suggérer à vos proches défunts de venir à vous pour vous faire savoir qu'ils vont bien. [...] Attention toutefois, nos proches défunts ne sont pas à notre disposition ou à notre service. Il relève de votre responsabilité de traverser le processus de deuil ; vos défunts peuvent vous y accompagner mais, dans le fond, ce processus de deuil est une expérience de libération personnelle, que vous seul·e êtes à même de conduire à bien. »[63] Je trouve l'expression « libération personnelle » tellement juste !

*

Lorsque j'ai commencé à raconter ce que j'avais vécu, j'ai trié mes interlocuteurs sur le volet. Je voulais parler à des proches, ayant ou non connu Papa mais en qui j'avais une totale confiance sur le fait qu'ils sauraient m'écouter attentivement et accueilleraient ma parole sans jugement. Je craignais qu'on ne me croie pas. Cela peut sembler paradoxal, étant donné que je vous ai dit que je m'en moquais.

---

[62] DARRÉ, Patricia, *Mes rendez-vous avec Walter Höffer*, éd. Michel Lafon, 2021.
[63] http://doccdn.simplesite.com/d/91/d3/283163831865037713/8838a7f9-6d85-4953-9016-616e9d831fe5/Signes%2Bque%2BlAudel%2Bcommunique%2Bavec%2Bvous.pdf

Signé : Papa

Aujourd'hui oui, mais au début… j'étais déjà assez perturbée comme ça pour ne pas en plus avoir l'impression de devoir justifier mes ressentis, qui échappaient — et échapperont toujours — à une explication logique. Surtout, je ne voulais pas que le doute émis par quelqu'un qui, par la force des choses, ne pouvait pas ressentir ce que moi je ressentais entache ces moments de grâce. À défaut de trouver un mot plus juste car il m'est difficile de l'exprimer, l'idée d'une telle réaction me peinait… pour Papa : puisqu'il venait de me faire comprendre qu'il était toujours là, le fait que les personnes-mêmes qui l'ont le plus aimé (étant, pour qui un fils, pour d'autres un frère, un oncle, un mari, un père, un ami, etc.) puissent douter de sa survivance, c'était comme le condamner lui à une double mort : celle qui fut d'abord physique, puis maintenant, en dépit de « l'évidence », celle de son âme…

Ce qui nous amène à une analogie très délicate. Le soir de la parution de la vidéo d'Anne-Hélène, alors que je m'affairais dans la cuisine, repensant sans cesse à ce que j'avais pu voir à l'écran, Henny arriva et par ses questions essaya de trouver une explication rationnelle au phénomène. Le pauvre avait très mal choisi son moment : je voulais juste continuer à me laisser porter, le cœur léger et encore toute exaltée par le caractère fantastique de ces apparitions fantômes. J'ai parlé plus haut de rabat-joie ; clairement la conversation qui suivit gâcha ce moment de plénitude et tendit l'atmosphère. Henny sait depuis longtemps que la science n'est pas en mesure de tout expliquer. D'autre part, il a lui-même entendu parler d'apparitions dans sa famille et croit en la survivance de l'âme (rappelons qu'il a grandi dans la culture bouddhiste). Parallèlement, en toute chose, il veille à garder son esprit critique et son discernement ; il n'est jamais d'abord dans l'émotion ou l'interprétation, mais dans le constat. Et donc, je vous le donne en mille, quel fut son premier réflexe lorsque je lui ai décrit le contenu de la vidéo ? Il a immédiatement recherché sur internet si l'on pouvait utiliser un filtre pour ajouter des plumes sur une vidéo. Cela m'a exaspérée, je l'avoue, vu le caractère singulier de ces apparitions et le manque évident de connaissances techniques d'Anne-Hélène, qui ne savait même pas comment faire pour me transférer sa vidéo… Ce soir-là, il était arrivé dans la cuisine pour essayer d'analyser ses intérêts potentiels à truquer une vidéo ou à manipuler un public. Démarche prudente, néanmoins je n'ai jamais douté de la sincérité de cette jeune femme, et ce depuis la seconde même où j'ai entendu sa voix pour la première fois. Rappelons aussi qu'Anne-Hélène consulte gratuitement, sur son temps personnel et familial, pour aider les endeuillés. Ces questions n'étant donc compatibles ni avec mon état d'esprit ni avec mon intime conviction, nous nous sommes disputés. Henny pointa à cette occasion mon sourire qu'il qualifia de narquois lorsque je soutenais la véracité des faits et contestais son questionnement.

Ça ne vous évoque rien, le fait de ne pas supporter la remise en doute d'une foi pour laquelle vous n'avez aucune preuve sinon votre conviction profonde ? Oui, cela s'appelle du fanatisme. Un rappel de sa définition : « Comportement, état d'esprit d'une personne ou d'un groupe de personnes qui manifestent pour une doctrine ou pour une cause un attachement passionné et un zèle outré conduisant à l'intolérance et souvent à la violence. »[64] Oups. Blessée dans mon ego, je me rends compte à quelle vitesse peut s'opérer la bascule vers l'intolérance et l'extrémisme ; perspective inattendue et pour le moins déstabilisante…

Les mois ont passé. Maintenant que je suis plus posée, que

---

[64] https://www.cnrtl.fr/definition/fanatisme

j'ai davantage de recul, que j'ai reconnu que ma réaction avait été excessive et que le questionnement et la circonspection d'Henny étaient légitimes, mon opinion sur l'authenticité de la vidéo a-t-elle changé ? Non. J'ai toujours autant d'amour et d'émerveillement à la visionner de temps en temps. Je *sais* que Papa est intervenu pendant qu'Anne-Hélène enregistrait. Et j'éprouve beaucoup de gratitude : celle d'avoir eu le privilège extraordinaire de ces signes, mais également celle d'avoir Henny dans ma vie. Au quotidien, il m'ancre et me recadre beaucoup, moi qui ai facilement tendance à partir dans tous les sens. Je t'aime Henny. Merci.

18. Vers la spiritualité

> « *Inconscients de notre propre force et de ses combinaisons avec les forces de cette création, nous passons, hébétés, physiquement vivants, il est vrai, mais spirituellement morts. [...] Ce n'est que lorsque vous aurez ouvert la porte sur la totalité de l'existence que votre regard portera au-delà de cette vie terrestre.* »
> (Dr. Richard Steinpach)

« Si je comprends bien, il y avait la Jessica d'avant aujourd'hui, et il y aura la Jessica d'après. » Ces mots, rappelez-vous, sont de Henny, le jour-même de l'interview. Mon très perspicace mari avait déjà compris que ma vision de la vie ne serait plus jamais la même. Cette bascule s'était opérée en l'espace d'un instant, entrainant un changement radical et instantané de mon mode de pensée. Venant de moi, l'athée par excellence, ces faits le troublèrent. Il reconnut que, s'il ne pourrait jamais comprendre ce que j'avais ressenti, quelque chose s'était manifestement opéré et m'avait illuminée d'une foi que je n'avais absolument pas auparavant.

Commençons d'ailleurs par ce qui pourrait sembler anecdotique mais me chiffonnait grandement : l'utilisation du mot « foi ». Il faut en effet le comprendre dénué de toute connotation judéo-chrétienne, et même de tout sens religieux. Lorsque j'ai commencé à me confier à mes proches sur ce que j'avais vécu, je m'appliquais à souligner : « mais je suis pas religieuse, hein ! » Les deux concepts sont si étroitement associés dans les esprits que j'ai mis du temps à intégrer que, oui, la foi peut se vivre indépendamment de toute religion puisqu'il s'agit simplement de la confiance et de la conviction intimes et profondes en quelque chose (ou quelqu'un). Ce qui me va donc tout à fait bien vu sous cet angle !

Mes questionnements n'étaient donc pas d'ordre religieux, mais existentiel, et portaient sur deux aspects : le sens de la vie et la relation à la mort.

*

Sens de la vie

Si l'on est dans un jeu géant, qu'est-on est censés faire ?

Tout d'abord, peut-être serait-il utile d'expliquer ce concept de jeu ! Avant de nous incarner, nous choisissons des « cartes-expériences », qui constituent la trame de notre vie en fonction des points sur lesquels nous décidons de travailler — et qui expliquent pourquoi nous choisirions notre famille, par exemple la patience, la résilience... Ces expériences (ou évènements) surgiront inévitablement dans notre vie ; par contre notre façon de réagir et de gérer ces évènements relève de notre libre-arbitre. Les témoignages de nombreux médiums se recoupent et s'accordent sur ce concept ; elle porte de nom de « jeu-vie », jeu de mots avec « je vis », dans *L'Infini Espoir* d'Anne-Hélène, qui le compare à un jeu de petits chevaux, tandis que l'écrivain Bernard Werber utilise l'analogie avec un jeu de l'oie dans sa préface de l'ouvrage d'Anne Tuffigo que j'ai déjà cité plusieurs fois : « Imaginez un jeu similaire à un jeu de l'oie où il apparait un chemin, où au fur et à mesure que vous avancez surgissent successivement des récompenses, des obstacles, des défis, des bonnes et des mauvaises surprises. Ce jeu, c'est peut-être votre vie. »

J'admire Bernard Werber pour son calme et sa sagesse. Ses ouvrages, emprunts de spiritualité, exploitent régulièrement les thèmes de la mort et de l'au-delà, de l'idée qu'à l'instar des fourmis, l'humanité serait contenue dans un univers plus grand et observé. Le « par qui » dépend de ses publications et de notre interprétation ; quoi qu'il en soit, le concept est intéressant. Dans son discours de soutien à l'INREES[65], le très célèbre auteur pose les jalons pour inviter à l'ouverture d'esprit : « Il est temps de sortir des clivages bipolaires habituels avec un monde officiel et un monde irrationnel. Il y a des faits, il y a des événements et il importe d'en parler normalement sans passion, ni exclusion systématique. Le monde n'est pas dans une simple dichotomie "j'y crois / j'y crois pas". Il y a la place pour une troisième voie qu'on pourrait résumer à une phrase : "je ne peux pas encore l'expliquer mais ça ne m'empêche d'y réfléchir et de voir si cela ne pourrait pas avoir une utilité." »

Mais retournons à nos moutons, et au jeu de la vie ! Si nous avons connaissance de la règle de ce jeu, nous n'en connaissons pas pour autant la donne — du moins avons-nous oublié quelles cartes nous avons choisies avant de nous incarner. Anne-Hélène explique dans son livre que lorsque nous avons fini notre partie et sommes éjectés du jeu, c'est-à-dire lorsque nous mourons, nous nous rappelons alors que nous

---

[65] Institut de Recherche sur les Expériences Extraordinaires

nous étions incarnés dans le but de vivre certaines expériences, et faisons cette fameuse « revue de vie », que certains nomment le Jugement et au cours duquel nous revenons sur tous les choix que nous avons faits et leurs conséquences. Nous y serions notre propre juge, il ne s'agit pas d'un tribunal. J'ai lu et entendu des témoignages absolument fascinants à ce sujet.

Si nous ne savons pas à quel moment notre partie prendra fin, il est possible que notre âme, elle, le sache. Là encore, des témoignages rapportent des signes que certains défunts auraient laissés avant leur mort, le plus souvent totalement inconsciemment, et qui, rétrospectivement, laissent penser qu'elles préparaient leur départ. Aussi incroyable que cela puisse paraitre, je ne fus pas étonnée car cela expliquerait beaucoup de ressentis que j'ai moi-même eus avant le décès de Papa. Je rappelle que ce décès survint de façon soudaine, en conséquence rien ne nous y avait préparé. Ce fut au contraire un véritable coup de massue. Sauf que. Plusieurs faits troublants, j'en dénombre six, me laissent désormais peu de doutes quant au fait que mon âme était en train de me signaler que quelque chose se tramait. Je n'ai pas eu à faire le moindre effort de mémoire afin que ces souvenirs me reviennent : ils m'avaient toujours interpellée, si bien que j'y ai souvent repensé au cours de toutes ces années. Je n'ai donc aucune difficulté à admettre l'existence de signes précurseurs au décès.

Revenons un instant sur la véritable crise existentielle que j'ai traversée suite à l'interview. Puisque ma vision des choses venait d'être balayée par une tornade[66] et que je me retrouvais face à cette notion étrange de jeu de la vie, que faire de ces informations ? Quel est mon but, quelle est ma mission ? Est-

---

[66] Une tornade de catégorie F5 sur l'échelle de Fujita me semblerait une métaphore assez pertinente, puisqu'elle rase tout sur son passage et qu'on la surnomme aussi « le doigt de Dieu »…

ce que je joue suffisamment bien ma partie ? Ai-je assez de succès ? Comment le définir d'ailleurs, et comment le quantifier ? Quel est le sens de la vie ? Que suis-je sensée faire ??? Ces questions auxquelles personne ne pouvait me répondre me donnaient le tournis et ouvraient un gouffre angoissant sous mes pieds. Je tournais en rond. Dans la rue, les passants m'apparaissaient comme des pions, des personnages de jeu vidéo avec un sablier au-dessus de la tête ! Avaient-ils conscience d'être dans un jeu, dans la caverne de Platon ? C'était si surréel… mon cerveau était au bord de l'implosion. Comme souvent, c'est Henny qui parvint à me remettre sur les rails après un énième craquage. Souvenez-vous, pendant quelques temps j'alternai phases d'apaisement et questionnements existentiels, j'étais un véritable yoyo émotionnel… Il est inutile de se torturer comme je l'ai fait : faisons chacun de notre mieux pour être de bonnes personnes, faisons preuve de tolérance, d'empathie et d'amour. Il n'y a pas de but plus important que celui-ci. Tout est amour… Croyez-moi, je n'aime guère l'idée d'endosser le rôle de prophète, trop connoté religieusement… N'empêche que : si vous vous penchez ne serait-ce qu'un instant sur ne serait-ce qu'un témoignage d'expérienceur d'EMI, vous ne pourrez passer à côté de ce message puisque l'amour inconditionnel et infini est bien la première chose dont ils parlent invariablement. Chacun d'eux déplore le manque de mots adéquats pour en décrire la force.

*

Relation à la mort

La survivance de l'âme (ou conscience) à la mort physique implique que la mort n'est qu'un passage. J'en ai déjà parlé dans mon récit, mais imaginez-vous à quel point il fut tout à fait extraordinaire et vertigineux pour moi de l'envisager ! Imaginez le corps humain comme le véhicule que notre âme incarne (au sens étymologique de représentation en chair) pour vivre son expérience terrestre, son jeu de la vie. Ce véhicule qui doit être entretenu[67], deviendra irrémédiablement hors d'usage. Panne, accident, vétusté… un jour la voiture part à la casse ; il en est de même pour le corps humain. L'âme quitte le corps mais ne disparait pas pour autant. Vous connaissez sûrement la maxime « rien ne se perd, rien ne se crée, tout se transforme » attribuée à Lavoisier. Elle a aussi sa place dans le contexte de la survivance de l'âme, qui doit bien aller quelque part ! Les témoignages de décorporation lors d'expériences de conscience modifiée abondent. En outre, c'est lors de son stage au SAMU en 1986 que le futur et aujourd'hui célèbre médecin anesthésiste-réanimateur Jean-Jacques Charbonier, ressentant l'âme d'un jeune accidenté quitter son corps, déterminera son parcours atypique au sein de la profession médicale puisqu'il s'intéressera particulièrement à l'après-vie et à la conscience.

Depuis mes expériences, je me surprends à penser systématiquement lorsque je passe devant un cimetière que ces derniers sont en fait vides : ils ne contiennent que des enveloppes, des carcasses comme celles des voitures ou des cigales. Dans son fameux *Livre des Esprits*, Allan Kardec rejoint cette analogie : « l'homme n'est pas seulement composé de matière, il y a en lui un principe pensant relié au corps physique

---

[67] Qui veut voyager loin ménage sa monture, rappelle Racine !

qu'il quitte, comme on quitte un vêtement usagé, lorsque son incarnation présente est achevée. Une fois désincarnés, les morts peuvent communiquer avec les vivants, soit directement, soit par l'intermédiaire de médiums de manière visible ou invisible. »

Le physicien mathématicien Roger Penrose dit à propos du cerveau : « ce qu'on croit être le siège de l'âme n'en est que l'ombre ». Stéphane Allix, journaliste, reporter de guerre, réalisateur, écrivain et fondateur de l'INREES résume avec des mots simples à la portée du grand public les nouvelles avancées et hypothèses posées par la science quant au rôle du cerveau et la place de la conscience : « il y a une théorie qui commence à s'imposer de plus en plus en neurosciences aujourd'hui, qui considère non plus le cerveau comme une machine qui fabrique notre conscience et notre être, mais qui empêche, peut-être, une âme gigantesque de se manifester pleinement à nous. C'est-à-dire que le cerveau ne servirait plus comme une machine de fabrication de conscience, mais comme un filtre. Notre conscience serait quelque chose de beaucoup plus vaste que ce que l'on croit voir dans la glace le matin en se regardant. [...] Il y a quelque chose qui nous constitue qui n'est pas dans notre cerveau. Il y a quelque chose qui nous constitue qui donc survit potentiellement à la mort de notre cerveau. Et ça, c'est le sujet qui m'intéresse depuis vingt ans : est-ce que l'on peut prouver qu'il y a une dimension de nous qui est d'une certaine manière éternelle, qui survit à la mort du corps ? Aujourd'hui, les neurosciences posent cette hypothèse qui est vraiment vertigineuse. »[68]

Dans le cadre d'une démarche dite scientifique, les

---

[68] Interview Sud Radio, « Stéphane Allix - "Quelque chose en nous qui n'est pas dans notre cerveau et qui pourrait survivre" », https://www.youtube.com/watch?v=-nlMp62LiGU .

hypothèses doivent être confirmées (ou infirmées) grâce à des expériences aux résultats reproductibles, sur un échantillon significatif de sujets. À la lumière de cette définition, l'on comprend mieux la difficulté de prouver la survivance de l'âme sur un plan strictement scientifique. L'abondance des témoignages d'expériences dites paranormales commence cependant à peser dans la balance de façon suffisamment significative pour que la communauté scientifique s'intéresse de plus en plus au sujet. Les chercheurs Sylvie Dethiollaz et Claude Charles Fourrier ont mené des expériences fascinantes pendant dix ans à raison d'une fois par mois sur Nicolas Fraisse[69], infirmier français qui peut se décorporer à volonté depuis l'enfance. Certes, il n'y a ici qu'un seul sujet d'études, un seul « cobaye », mais il y a aussi un phénomène reproductible que les chercheurs ont tenté de mesurer avec des expériences concrètes — l'une d'elles consistant à peser Nicolas pendant une décorporation afin de relever une potentielle différence de mesure, qui correspondrait au poids de l'âme. Ils ont pu enregistrer une différence de 45 grammes !

Parallèlement au « simple » changement de perspective qu'occasionne l'idée de survivance de l'âme, c'est tout le regard sur la mort qui s'en trouve modifié. Lorsque nous n'y croyons pas, il est naturel, logique que l'idée de notre propre finitude nous fasse peur, surtout à mesure que nous prenons de l'âge. Alors qu'il n'est pas une personne sur Terre qui sera un jour épargnée par le deuil ni la mort elle-même, notre culture occidentale a opté pour la lutte contre les signes apparents de vieillesse et la tabouïsation de la mort. Qui sait, la reléguer au placard finira peut-être par la faire disparaître…

---

[69] DETHIOLLAZ, Sylvie Dethiollaz, FOURRIER, Claude Charles, *Voyage aux confins de la conscience*, éd. Trédaniel, 2016.

Qui est au courant que j'ai une carte de donneuse d'organes[70] dans mon portefeuille ? Peut-être Henny se souviendra-t-il que je l'avais reçue il y a quelques années ; autrement je parie que personne ne le savait... Pourquoi ? Parce que parler de sa propre mort met mal à l'aise. On imaginerait presque nos interlocuteurs nous asséner une tape rassurante[71] sur l'épaule : « Mais noooon, tu ne vas pas mourir ! » Cela me fait penser au canular téléphonique de Jean-Yves Lafesse, dans lequel la personne piégée lui rappelait la nature d'une assurance-vie : « ça se souscrit, quand on est vivant, en cas de décès ! »[72] Ce « en cas de décès » ne manque pas de me faire sourire : il est certain que si l'assuré se décide finalement pour l'immortalité, le bénéficiaire ne percevra pas grand-chose !

En nous incarnant sur Terre, dans notre corps physique, nous devenons fatalement mortels avant (bonne nouvelle !) de pouvoir nous retrouver, de l'autre côté. Si l'on conçoit la survivance de l'âme, alors la peur s'efface significativement.

*

Les expériences vécues ces derniers mois m'ont enfin permis de faire mon deuil et cheminer sereinement. Elles m'ont

---

[70] Y avez-vous songé ? Faites connaître vos souhaits à vos proches afin qu'ils puissent les respecter et ne pas avoir à prendre de décisions pour vous, dans l'urgence, et alors qu'ils sont plongés dans la douleur et la tristesse. Sans vouloir vous influencer (quoique !), en cas de casse de votre véhicule, accepteriez-vous de redistribuer vos phares, moteur, bougies ou tout autre pièce détachée en état de fonctionnement ? Moi je dis... Si ça peut dépanner !
[71] Mais qui cherche à rassurer qui ?
[72] « Lafesse : L'assurance vie (Canular Téléphonique) » : https://www.youtube.com/watch?v=1Y96UfoEgpY

Signé : Papa

aussi permis de libérer la parole avec les enfants. Lorsque Lili me pose des questions sur son papi, je peux maintenant lui répondre sans m'effondrer et simplement, avec les mots qui me semblent les plus justes. Nous lui avons refait une place dans notre vie. Lili a récemment demandé à voir des photos de Papa et a émis le souhait d'en imprimer pour l'inclure dans nos albums photos : c'était le seul membre de la famille qui y était absent. Que de changements, n'est-ce pas ! Les verrous ont sauté. Nous pouvons désormais le faire vivre avec nous. Et cela n'a pas de prix.

*

*« Tu n'es plus là où tu étais mais tu es partout
là où je suis »*

(Victor Hugo)

*

*La mort n'est rien
Je suis simplement passé dans la pièce à côté.
Je suis moi. Tu es toi.
Ce que nous étions l'un pour l'autre, nous le sommes toujours.
Donne-moi le nom que tu m'as toujours donné.
Parle-moi comme tu l'as toujours fait.
N'emploie pas de ton différent.*

*Ne prends pas un air solennel ou triste.
Continue à rire de ces petites choses qui nous amusaient tant...
Vis. Souris. Pense à moi. Prie pour moi.
Que mon nom soit toujours prononcé à la maison comme*

Jessica Triquenot

il l'a toujours été.
Sans emphase d'aucune sorte et sans trace d'ombre.

La vie signifie ce qu'elle a toujours signifié.
Elle reste ce qu'elle a toujours été. Le fil n'est pas coupé.
Pourquoi serais-je hors de ta pensée,
Simplement parce que je suis hors de ta vue ?
Je t'attends. Je ne suis pas loin.
Juste de l'autre côté du chemin.
Tu vois, tout est bien.

(Henri Scott Holland)

19. Au « hasard » des rencontres

« Les rencontres les plus importantes ont été préparées par les âmes avant même que les corps ne se voient. »
(Paulo Coelho)

Quand Henny évoque les circonstances de notre rencontre, il la met toujours sur le compte de l'Univers, qui aurait permis à nos chemins de se croiser juste au moment où il avait émis le souhait de rencontrer quelqu'un en tous points comme moi ! Pendant des années, j'ai trouvé l'image touchante et poétique mais honnêtement, cela s'arrêtait là.

Aujourd'hui, de nouvelles perspectives se sont ouvertes. Ou plus exactement : mon esprit s'étant ouvert, il me permet d'appréhender le monde sous d'autres perspectives. Je considère dorénavant l'hypothèse de l'Univers ayant permis notre rencontre comme tout à fait probable. Et dire que j'ai bien failli passer à côté de cette « carte expérience » en envisageant de donner à Henny une fausse adresse e-mail lorsqu'il m'a tendu son carnet pour que je lui laisse mes coordonnées ! J'étais alors à des années-lumière d'imaginer que nous serions un jour mariés et parents de deux merveilleux enfants... Ce « quelque chose » qui m'a finalement décidée à noter ma véritable adresse, par souci d'honnêteté tout en pensant « Allez, il va t'écrire un ou deux mails puis se lasser ! » était peut-être bien un petit coup de pouce du Destin.

D'ailleurs, si vous aviez vu sa tête quand, quelque temps après notre rencontre, j'ai banalement raconté à Henny que, enfant, je disais toujours : « Plus tard, je me marierai avec un Chinois ! » C'est seulement son expression abasourdie qui m'a fait réagir à mon tour : mais… il *est* chinois !! Sincèrement, pour une raison des plus mystérieuses, je n'avais même pas percuté sur ce fait. Quand je vous dis que je suis longue à la détente !

En retraçant mon parcours, je me suis souvent fait la remarque que si Papa n'était pas décédé, je n'aurais pas rencontré Henny et n'aurais pas non plus Lili et Jaden dans ma vie. En effet, c'est incontestablement son décès qui fut le point de départ à l'enchaînement des circonstances qui m'ont menée là où je suis aujourd'hui. La notion de « cartes expériences » aide beaucoup dans le travail d'acceptation et de deuil car elle donne une explication rationalisable : il aurait été prévu que je me retrouve face à un deuil, puis à une rencontre. Comme Anne-Hélène l'explique très bien dans *L'Infini Espoir*, ces évènements ont été prédéfinis et sont inévitables. Par contre, c'est le libre arbitre qui fait que chacun réagit devant eux de façon unique. On peut choisir de se laisser emporter dans le tourbillon d'une dépression profonde… ou trouver la force de partir à l'étranger pour continuer son chemin voire renaitre[73], vivre un rendez-vous manqué avec son mari… ou lui donner son adresse pour qu'il puisse nous retrouver !

---

[73] J'ai toujours assimilé mon arrivée en Chine où j'ai vécu pendant deux ans comme une renaissance, me retrouvant soudain plongée dans une culture inconnue, sans pouvoir ni parler ni comprendre ce qu'on me disait. Un vrai bébé…et un défi très stimulant.

Signé : Papa

*

Flash-forward une bonne décennie et cette fois, c'est Anne-Hélène que je croise sur mon chemin. Comme je l'ai déjà évoqué, j'anime French Voices Podcast pour aider les apprenants dans le monde à progresser en français. Parfois, un auditeur a la gentillesse de me mettre en relation avec une personne dont il pense que l'histoire ferait un bon sujet pour le podcast. J'adore quand c'est le cas ; d'une part parce que cela facilite beaucoup l'organisation de l'interview et d'autre part parce que ça me permet de traiter de sujets auxquels je n'aurais jamais pensé moi-même, ce qui était tout à fait le cas quant à l'idée d'interviewer une médium. Une de mes étudiantes, Deb, me proposa un jour de me mettre en contact avec un certain Jean-Pierre, homme d'affaires à l'histoire familiale et au parcours des plus intéressants en Nouvelle-Calédonie. Deb m'avait prévenue : l'homme était modeste et ne trouvait pas son histoire digne d'intérêt. Il me parla en revanche tout de suite d'Anne-Hélène, à qui je devais absolument parler et sur qui il ne tarissait pas d'éloges. En l'appelant, j'eus en effet un coup de cœur immédiat pour la personne au bout du fil (sans fil). La voix d'Anne-Hélène était empreinte de sourire, de bienveillance et de sincérité.

Anne-Hélène fut tout de suite partante pour intervenir sur mon podcast. Préférait-elle que je reste dans la peau de Monsieur-Madame Tout-le-Monde et que je lui pose les questions qui viendraient naturellement à l'esprit ou bien que je lise son livre d'abord ? Je m'attendais plutôt à la première option, aussi ai-je eu un petit moment de panique intérieure quand elle a suggéré que mes questions seraient plus intéressantes et approfondies après avoir lu *L'Infini Espoir*. Moi qui, avant de devenir maman engloutissait des milliers de pages chaque année, cela faisait des mois que je n'avais plus le temps de lire autre chose que des recettes de cuisine ! Il serait en fait plus exact de dire que « je ne trouvais plus le temps de lire » car, au final, j'ai lu *L'Infini Espoir* dans son intégralité ce week-end-là et ai depuis, comme vous le savez déjà, dévoré une quantité astronomique de pages sur la médiumnité, la spiritualité...

Vous vous demandez peut-être en quoi ces détails sur la façon exacte dont j'ai pu faire la rencontre d'Anne-Hélène ont leur place dans ce récit. Eh bien, j'ai aujourd'hui l'intime conviction que c'est cet Univers dont je vous ai parlé qui a tout mis en œuvre pour que je puisse entrer en contact avec Anne-Hélène, et par conséquent avec Papa. C'est une initiative qu'il aurait peut-être orchestrée afin de pouvoir me passer son message. Voici les éléments qui m'amènent à le penser :

1. L'enthousiasme communicatif de deux personnes intermédiaires qui m'ont menée à Anne-Hélène. La probabilité que j'entende parler moi-même d'Anne-Hélène, compte tenu de mon niveau d'ouverture à la spiritualité, était nulle. Il aura fallu que des maillons forment une chaine invisible me menant à elle et ainsi que Deb me dise de parler à Jean-Pierre, qui me dise de parler à Anne-Hélène, qui me dise : « ton papa veut te parler ».

2. Il fallait que je puisse avoir confiance en Anne-Hélène. À un degré suffisamment important pour pouvoir enfin m'ouvrir, et en premier lieu pouvoir accueillir les informations contenues dans *L'Infini Espoir*, que j'aurais trouvées abracadabrantes sans l'intime conviction de sa sincérité. Devant l'archétype d'une Madame Irma affublée d'un grand châle et de cinquante bagues à chaque doigt, je n'aurais pas eu le même à priori ! Je

Signé : Papa

pense que Papa a *choisi* Anne-Hélène.

3. Souvenez-vous de cette pensée furtive que j'ai eue le matin de l'interview et qui ne s'est rappelée à mon bon souvenir que le lendemain : « Aujourd'hui, j'interviewe une médium, alors si tu veux me parler, c'est maintenant. » Une porte était ouverte. Heureusement, mon libre arbitre a choisi de ne pas la refermer.

4. Anne-Hélène et moi sommes rentrées en contact la semaine même de la date anniversaire du décès de Papa. Il se trouve qu'un autre évènement déterminant dans ma vie arriva cette même semaine d'anniversaire, en 2009 cette fois : ma rencontre avec Henny...

On dit que le hasard fait bien les choses... Et s'il n'y avait tout simplement pas de hasard ?

*

« Le hasard, c'est Dieu qui se promène incognito. »

(Albert Einstein)

*

« Nous, les défunts, choisissons les médiums avec lesquels nous souhaitons communiquer. [...] Il n'y a pas de hasard, chaque rencontre, chaque événement est magnifiquement orchestré, comme une partition de musique, par l'invisible, et c'est ce qui lui donne cette dimension miraculeuse »

(Anne-Hélène Gramignano, L'Infini Espoir)

20. Pistes de réflexion

> « La quantité de preuves de la survie après la mort est telle que les ignorer revient à se tenir face à l'Everest et affirmer obstinément que l'on ne voit aucune montagne. »
> (Colin Henry Wilson)

Si vous êtes tenté·e de refermer ce livre maintenant parce que « ça sent la fin, et les ressources bibliographiques, c'est ennuyeux », n'en faites rien : mon récit n'est pas terminé !

Une question me laisse pantoise : devant la quantité astronomique de témoignages et de signes recensés dans le monde entier, pourquoi entend-on si peu parler de ces phénomènes extrasensoriels et de l'après-vie ? Faites vous-mêmes l'expérience et demandez à vos proches s'ils ont déjà vécu des phénomènes inexplicables ; je vous garantis que ces personnes auront toujours, soit une histoire personnelle à vous raconter, soit vous rapporteront le récit d'une de leurs connaissances à elles. J'ai été très surprise de le constater autour de moi : ainsi, l'amie de mon ostéopathe a eu la trouille de sa vie lorsque sa petite fille lui a brossé en détail le portrait d'une dame qui se trouvait dans la pièce et s'avérait être une aïeule qu'elle n'avait jamais connue ; l'amie de Maman lui a raconté avoir vu sa grand-mère venue lui dire adieu au pied de son lit

Signé : Papa

peu après son décès ; une copine venue manger des crêpes chez nous par un après-midi d'hiver m'a rapporté avec un trouble encore palpable avoir senti très nettement une présence et une main invisible appuyer sur sa cuisse un jour qu'elle était assise en pleurs dans une église (la frayeur lui a instantanément fait oublier ses larmes), et j'en passe. Je n'ai rien inventé ; pensez-vous vraiment que cela puisse être leur cas ?

Depuis le jour où ma vie a basculé, je me suis plongée dans les travaux de recherches, lectures, et témoignages, sur de nombreux sujets attenants à la médiumnité, la mort, l'après-vie, la conscience, etc. Cette boulimie de connaissances m'accompagne encore aujourd'hui dans mon cheminement intellectuel et spirituel et va par phases. Lorsque je remarque que je commence à avoir « fait le tour » (ou une indigestion) d'un sujet particulier, c'est un autre angle d'approche qui vient piquer ma curiosité et que je commence à creuser. Mises bout à bout, les informations récoltées me permettent de mieux appréhender une vue d'ensemble de ce que pourrait être l'après-vie, selon les bribes de réponses proposées par la science, les médiums, les expérienceurs... Fabienne Raoul, ancienne ingénieure et manager dans le secteur de l'énergie nucléaire devenue sophrologue-thérapeute après une expérience de mort imminente transformatrice, utilise une image que j'aime beaucoup : celle d'un cylindre dont l'on projetterait l'ombre sur un mur — tiens, cela rappelle l'allégorie de la caverne de Platon ! Selon l'angle de projection, les spectateurs de l'ombre de ce cylindre pourront voir un cercle, ou encore un rectangle. Tous auront raison, mais tous n'auront eu accès qu'à une partie de la réalité. C'est bien pour cela que les points de vue de chacun ne s'opposent pas, mais sont au contraire complémentaires. En somme, c'est comme si l'on travaillait ensemble à la reconstitution d'un puzzle dont il nous manquerait le modèle.

Voici donc ma sélection personnelle, un tout petit échantillon de ressources que j'ai trouvées remarquables, détaillées, et que je souhaite partager avec vous. Je vous invite à continuer vos propres recherches si un thème suscite votre intérêt, tout en gardant votre sens de l'esprit critique évidemment. Toutes les sources ne se valent pas. La méfiance et le discernement sont de rigueur comme toujours mais surtout dans ces domaines où sont impliqués l'affect, le deuil, la vulnérabilité et parfois l'argent. Une dernière clarification sur ce point : la gratuité n'est pas seul facteur de fiabilité ; pour les médiums qui reçoivent à temps plein, les consultations constituent donc leur source unique de revenu et jusqu'à preuve du contraire, ils ne peuvent pas payer leurs factures ou leurs courses alimentaires d'amour et d'eau fraiche envoyés par les anges ou leurs clients de l'au-delà !

*

Médiumnité et perceptions extrasensorielles

- ALLIX, Stéphane, *Le Test - Une expérience inouïe : la preuve de l'après-vie ?* éd. Le Livre de Poche, 2018.

Journaliste dont j'ai déjà parlé, ancien reporter de guerre, réalisateur, écrivain et fondateur de l'Institut de Recherche sur les Expériences Extraordinaires, Stéphane Allix a demandé à six médiums d'identifier les objets qu'il avait secrètement placés dans le cercueil de son père juste avant sa fermeture définitive. Son test permet de commencer à cheminer, en même temps que son auteur, sur la possibilité d'une vie après

la mort et de découvrir la médiumnité.
- **BENISTY, Déborah, «TV.Déborah from one world to another » (chaîne YouTube)**
https://www.youtube.com/channel/UCKtYrtBIzAQez8jw4XZHH3Q

Chaîne en français, contrairement aux apparences. À propos d'apparences… je vous préviens, et elle le dit elle-même, elle « n'a pas la gueule de l'emploi » ! Passez outre son look de bimbo tatouée, car Déborah est une médium profondément humaine, drôle, bienveillante, sans langue de bois et dont l'authenticité ne fait aucun doute pour moi. Dans ses consultations dont vous pouvez voir des extraits sur la chaîne, Déborah parle avec une précision incroyable d'une foule de souvenirs très personnels et si anecdotiques qu'ils ne peuvent être connus que du défunt et de la personne endeuillée qui consulte.

Le documentaire « Deborah, L'expérience inédite » est une première mondiale avec une expérience en double-aveugle réalisée sous contrôle d'huissier afin de pouvoir éliminer toute suspicion de tricherie.

- **L'expérience du Tout de Geneviève Delpech**

Artiste-peintre, médium et écrivaine (et, oui, veuve du chanteur), je l'ai découverte dans une interview fort bien menée. Je n'avais jamais entendu parler de l'expérience du Tout avant, mais ai par la suite retrouvé de nombreuses descriptions de cet état d'omniscience et de symbiose absolues, notamment dans les récits d'EMI : « j'étais le brin d'herbe, j'étais la fourmi, je savais et comprenais tout, etc. »

Extrait de cinq minutes pour les plus pressés :
https://www.youtube.com/watch?v=RZS08YIuCqY
L'interview intégrale (2 heures) :
https://www.youtube.com/watch?v=-klWaSgYFbQ

Expériences de Mort Imminente (EMI, ou NDE pour Near Death Experience)

Une sélection de récits passionnants, extrêmement détaillés et sincères de personnes terre à terre qui s'en sont trouvées transformées.

- **ALEXANDER, Eben,** *La preuve du paradis - Voyage d'un neurochirurgien dans l'après-vie,* éd. Guy Trédaniel, 2014.

Ce livre est un classique, une référence dans son domaine. Quand la vision de la vie (et de l'après-vie) de ce neurochirurgien vole en éclats suite à une gravissime infection de son cerveau à laquelle il n'aurait pas dû survivre, on ne peut s'empêcher de penser que ce n'est sans doute pas un hasard si ce médecin aux connaissances si pointues dans le fonctionnement du cerveau et à l'esprit hautement rationnel a pu revenir de son EMI pour en parler aujourd'hui et permettre de faire avancer le questionnement sur la nature de la conscience et sa survivance.

- **« Et si le ciel existait ? » (en anglais, « Heaven is for Real », basé sur le livre du même nom de Todd Burpo), réalisation de Randall Wallace, 2014.**

Scénario inspiré de faits réels. Le petit Colton Burpo, qui dit avoir vu le Paradis lors d'une EMI, est aujourd'hui un jeune adulte. La photo de l'arrière-grand père Pop dans le film est la vraie, ainsi que la toile du portrait de Jésus peint par la jeune prodige Akiane Kramarik.

Découvrez les différences entre le film et la réalité (en anglais) ici :

Signé : Papa

https://www.historyvshollywood.com/reelfaces/heaven-is-for-real/
- « L'EMI de Fabienne Raoul : d'ingénieure nucléaire à médium guérisseuse ».
https://www.youtube.com/watch?v=52QZt4KOR08
Contrairement à ce que le titre suggère, l'EMI à proprement parler est seulement le point de départ de cette interview vidéo. J'adore la personnalité de Fabienne Raoul, c'est mon coup de cœur pour aborder la position de la science, la notion de conscience, etc.
- « L'expérience de mort imminente de Christine Clémino-Naéglé » :
https://www.youtube.com/watch?v=DFhUP6oE30Y
- « L'expérience de mort imminente de Frédéric Médina » :
https://www.youtube.com/watch?v=5_qNH28f9sU
- « 45 secondes d'éternité : La NDE de Nicole Dron » :
https://www.youtube.com/watch?v=hqSqPRgvK4w
- « Un pas dans l'éternité : l'expérience de mort imminente de Vincent Hamain » :
https://www.youtube.com/watch?v=0MChf9qypLM

*

<u>Signes de l'au-delà, VSCD</u>
<u>(Vécus Subjectifs de Contact avec un Défunt)</u>

- ALLIX, Stéphane, *Après... : Quand l'au-delà nous*

fait signe, éd. Albin Michel, 2018.
Encore lui, eh oui, mais il écrit bien et l'on sent sa rigueur journalistique. Les signes rapportés sont époustouflants.
- **BESSON, Annie, VERGUET, Chrystèle,** *Loreen vit dans l'au-delà,* éd. Edilivre, 2014.

Un peu brouillon dans sa forme, ce témoignage n'en reste pas moins intéressant sur le fond. La famille de la jeune Loreen, décédée à l'âge de six ans, a clairement beaucoup appris sur la survivance de l'âme et les modes de communication des défunts ; cela donne donc un bon résumé.
- **ELSAESSER, Evelyn,** *Quand les défunts viennent à nous : Histoires vécues et entretiens avec des scientifiques,* éd. Exergue, 2017.

S'il ne fallait en lire qu'un, ce serait celui-ci. L'auteure livre un travail remarquable et rigoureux dans sa collection des différents types de VSCD, et les étoffe de nombreux témoignages poignants. On ne peut rester indifférent·e !
- **TASSONI, Florence,** *D'une âme à une autre,* éd. **Exergue, 2020.**

Après le décès de son papa, Florence Tassoni a reçu, contre toute attente, de nombreux signes de lui. En plus d'être particulièrement bien écrit (franchement, il y a d'autres auteurs que je n'ai pas pu finir tellement le style était médiocre), son témoignage résonne d'autant plus en moi que certains de nos signes furent très similaires !
- **TUFFIGO, Anne,** *Il suffit parfois d'un signe : Rêves, synchronicités, prémonitions, déjà-vu... Apprenez à les décrypter pour mieux vous connaître et développer votre intuition,* éd. Albin Michel, 2021.

Ancienne professeure de français reconvertie, cette médium propose une approche différente, rafraichissante et recherchée,

Signé : Papa

qui me parle beaucoup puisqu'elle se base sur tout ce que j'aime : la sémiologie, l'Histoire, et l'origine des mots. Cerise sur le gâteau : c'est très bien écrit !

*

Sciences, conscience et médecine

Souvent décriés par leur propre communauté[74], des médecins, commencent enfin à se pencher sur le fait que l'âme pourrait survivre à la mort cérébrale. C'est le cas de Jean-Jacques Charbonier, médecin anesthésiste-réanimateur toulousain, ou encore du neurochirurgien Eben Alexander dont j'ai cité l'un des ouvrages un peu plus haut.

- **CHARBONIER, Jean-Jacques,** *Les preuves scientifiques d'une vie après la vie*, **éd. Exergue, 2014.**
- **« Tistrya » (chaîne YouTube)**
  https://www.youtube.com/channel/UChcIFyud8lRlBqJtjBQKuFA
  Les vidéos proposées sur cette chaîne sont passionnantes.

---

[74] À contre-courant ; c'est ainsi que les grandes révolutions se font. N'oublions pas, par exemple, qu'au XVIIème siècle, un certain Galilée fut déclaré hérétique pour ses idées et passa devant le tribunal de l'Inquisition en 1633. On lui interdit d'enseigner que la Terre et les autres planètes tournaient autour du Soleil et d'admettre au contraire que c'est bien la Terre qui est le centre de l'univers. Oui, cette même Terre qui avait déjà eu le culot de passer de plate à sphérique quelques siècles plus tôt... Galilée aurait profité de son procès pour non pas abjurer mais clamer : « Et pourtant, elle tourne ! »

À titre d'exemple, essayez les documentaires présentés ci-dessous.

« En Conscience » (Documentaire)
https://www.youtube.com/watch?v=sb2s7dbvChA

« Nassim Haramein : L'intelligence de l'univers » (Documentaire)
https://www.youtube.com/watch?v=qN1ZaFtIBuI

Vous devriez également vous régaler avec les interviews de Sylvain Didelot et Olivier Chambon.

*

Enfin, je suis loin d'être une experte dans les sujets suivants, mais en dehors de la médecine, la cosmologie, l'astrophysique et la physique quantique nous apporteront elles aussi peut-être des éclairages à l'avenir. Intrication quantique, temps imaginaire, théorie des cordes, trous noirs et trous de verre me paraissent par exemple des pistes d'exploration fascinantes.

21. Comme un accord

Le 28 août 2021. Mon récit était bouclé. Si j'ai d'abord voulu écrire pour laisser une trace à mes enfants et faire connaitre mon histoire à mes proches, je remarquai en en parlant autour de moi qu'elle pouvait procurer un certain réconfort et aider à libérer la parole sur le sujet tabou de la mort. Je décidai donc d'aller plus loin et de publier mon récit. Restait un hic : j'avais besoin de savoir si Papa était d'accord ou non pour que je partage notre histoire. Je n'avais cessé de lui demander un signe au cours des longs mois de rédaction et en avais bien reçu, mais pas en rapport avec mon projet d'écriture. Je ne comprenais pas. Ne dit-on pas : « demande et l'univers te répondra » ? Je demandais, je demandais ! J'attendais. Je redemandais... et me retrouvais assez déroutée parce que je n'avais rien pour me dire s'il approuvait, désapprouvait, ou était indifférent à ma démarche. Je me sentais aussi un peu seule car j'aurais pensé qu'il m'aurait accompagnée dans mon projet, tout comme il l'avait fait avec Anne-Hélène dans la rédaction du chapitre qu'elle nous consacra dans son deuxième volume, *L'Infini Amour*. Anne-Hélène m'avait confié l'avoir senti à ses côtés et écrit des phrases qu'il lui avait lui-même soufflées. À moi, l'on n'avait rien soufflé...

Assise au calme dans la cuisine avec une tasse de thé, je consignais ces pensées dans mon journal, puis le refermai et recapuchonnai mon stylo-plume. Je retournai dans le bureau, poussai du pied les petites voitures et le camion de pompier qui m'empêchaient de tirer ma chaise. En la faisant pivoter pour m'y asseoir, j'y trouvai un livre d'enfants de la célèbre collection des Monsieur Madame de Roger Hargreaves. Je le saisis et m'apprêtais à le lancer sur le canapé quand je m'arrêtai net dans mon geste, frappée par l'énorme, magnifique synchronicité.

Monsieur Heureux me regardait, fendu d'un large sourire, en me montrant un écriteau où était écrit : « MON PAPA »[75].

Mon Papa.

Heureux.

Livre.

Le voilà, mon signe ! Je tenais, non seulement son approbation, j'en étais certaine, mais aussi la parfaite conclusion pour mon récit. J'étais d'autant plus interloquée que j'avais oublié jusqu'à l'existence de ce livre, n'ayant dû le lire qu'une fois ou deux à Lili, des années auparavant. Comment était-il arrivé là ?

> *Sébastien :*
> *Pascal a fait fort, parce que pour te présenter ce livre-là... là il me scotche. Parce que, dans tout ce que tu me disais avant, en fait, tu exprimais un manque. Tu voulais ceci, tu voulais cela. [...] Vouloir, c'est vibrer le manque. Donc, c'est le meilleur moyen pour que l'Univers te renvoie ce manque... puisque tu le vibres !»*

Dans son message, Sébastien fait allusion à une loi

---

[75] HARGREAVES, Roger, *Mon Papa*, collection Monsieur Madame, Hachette Jeunesse, 2017.

spirituelle élémentaire : la loi de l'attraction, selon laquelle ce que nous vibrons nous est renvoyé. Ainsi, le manque attire le manque, la colère nourrit la colère, les pensées positives invitent les vibrations positives… Voilà pourquoi, en dépit d'une furieuse envie de recevoir des signes, ce sont l'attente et la frustration qui nous reviennent comme un boomerang. C'est au contraire dans le détachement et l'accueil que les choses arrivent, et même, se bousculent ! J'en ai fait l'expérience à de nombreuses reprises durant un programme d'écriture que j'ai suivi sur douze semaines à cette période. Ce programme m'engageait à remplir quotidiennement trois pages d'écriture dans un cahier, exercice qui invite à l'introspection et permet de se libérer en déposant mentalement ses pensées. Eh bien, j'ai découvert que ce cahier était un peu magique : il s'avère que, à chaque fois que j'y consignais une question, lui confiais une crainte ou une tristesse, je recevais une réponse ! Cette réponse vint dans la foulée dans le cas du livre « Mon Papa », mais il est parfois arrivé qu'elle ne s'impose « que » le lendemain. Toujours à l'improviste et sans équivoque. C'est juste incroyable. L'univers nous livre réellement ses réponses sur un plateau d'argent !

*

« Demandez et vous recevrez ; cherchez et vous trouverez ; frappez et l'on vous ouvrira la porte. Car quiconque demande reçoit, qui cherche trouve et l'on ouvre la porte à qui frappe. »

(Matthieu 7:7)

Épilogue

Le 30 août 2021, veille de l'anniversaire du décès de Papa. Moi qui pensais naïvement avoir fait mon deuil en un claquement de doigts, tout ce que j'avais fui et enfoui depuis plus d'une décennie refaisait surface en une sourde, menaçante douleur. Je ne contenais déjà plus mes larmes, en totale appréhension quant à la journée du lendemain dont je n'osais imaginer comment affronter chaque heure, chaque minute même.

À l'heure de la sieste des enfants, les yeux bouffis, je préférai pourtant une promenade à la plage au creux accueillant et reposant de mon lit. « Ah ! ça va me faire du bien », pensai-je en descendant de voiture, contente de mon choix et déjà revigorée à la vue du ciel bleu. Mais au bout de deux ou trois minutes de marche seulement, mon cœur se mit à peser, lourd, si lourd que je ne pus littéralement plus avancer, chose qui ne m'était jamais arrivée. Je me retrouvai contrainte de m'arrêter et m'assis sur le muret qui longeait la mer. De pierre, mon cœur s'est changé en éponge gorgée de pleurs que j'essorais, pliée en deux de douleur. Promeneurs, joggeurs, jeunes mères avec leurs poussettes passaient indifférents devant moi lorsqu'une vieille femme toute menue avec de fins cheveux blancs encadrant son visage et un petit chapeau rond qui lui donnait un air de champignon vint me parler. Je n'avais pas vraiment envie de me lancer dans une conversation ; cependant je fus interpellée lorsqu'elle me regarda de ses yeux clairs et profonds en me disant que je n'étais pas seule et ne serai jamais seule.

Certes, cette affirmation peut sembler tout à fait bateau lorsqu'on essaie de consoler quelqu'un mais la scène m'évoqua instantanément ces témoignages dans lesquels des personnes dans un état de grand désespoir avaient été réconfortées ou aidées par un·e inconnu·e qui avait ensuite disparu. Les témoins parlent de rencontre angélique. Je ne pus donc m'empêcher de penser, pour autant incrédule : « C'est un ange ou quoi ? ».

Ce que ma petite Madame Champignon me révéla ensuite confirma le caractère extraordinaire de la rencontre que je venais de faire :

« Je suis médium.

Vous plaisantez ?! » (Insérer ici le coup de massue qui s'abattit sur ma tête.)

Médium-voyante-liseuse d'âme pendant quarante ans aujourd'hui à la retraite, Noreen (c'est son nom, vous l'aurez deviné) me passa de nouveaux messages de Papa, mais aussi décrivit sa présence de la même façon qu'Anne-Hélène, sous la forme d'une silhouette vaporeuse. En m'approchant, Noreen l'avait remarqué, d'abord derrière moi, puis m'enveloppant et me caressant le bras droit pour me réconforter. Ce qui redoubla d'ailleurs mes pleurs : « Mais pourquoi je ne sens rien ? Je lui demande tout le temps ! » Nous avons continué à parler un long moment, échangeant nos questions et vues sur la spiritualité et le monde de l'invisible.

Je n'ai plus pleuré ce jour-là, ni le lendemain que je redoutais tant. J'étais apaisée et éberluée, en somme dans un état proche de celui éprouvé lors du premier contact avec Anne-Hélène. Sommes-nous d'accord pour admettre que recevoir un message réparateur via un médium mis sur notre chemin[76], *par*

---

[76] Au sens figuré la première fois mais également au sens propre ici !

deux fois et de façon tout à fait spontanée défie toutes les probabilités ? Combien d'amour et d'énergie Papa a-t-il dû déployer pour orchestrer de telles rencontres afin de m'aider à me relever et cheminer de plus belle ! Je l'imagine bien donner ses instructions de réalisateur de cinéma : « Silence, moteur, ça tourne, action ![77] Jessica, assieds-toi, ne bouge plus. Tu pleures. Attention : entrée médium... maintenant ! », etc. Je suis certaine que notre rencontre n'était nullement le fruit du hasard, mot que j'ai rayé de mon vocabulaire d'ailleurs. La raison pour laquelle je ne pouvais soudain plus avancer physiquement prend tout son sens ; en effet si j'avais poursuivi mon chemin un peu plus loin, j'aurais dépassé le parking où ma petite messagère était garée et n'aurais par conséquent pas pu la croiser. Noreen, touchée d'avoir pu me réconforter et me prendre dans ses bras pour me transmettre un peu de l'amour de Papa, en est persuadée également puisqu'elle m'avoua qu'elle n'aurait pas dû se trouver à la plage non plus ce jour-là.

Deux autres éléments me troublèrent lors de cette rencontre. Le premier est que Noreen me confia à plusieurs reprises que j'allais aider beaucoup de monde, que je n'avais même pas conscience du nombre de personnes que cela représentait. Parlait-elle de mon récit, de mon enseignement du français... ou d'autre chose ? En tout cas, son assurance était tout aussi intrigante que sa prédiction. Noreen m'a donné son numéro, souhaitant que je la recontacte, ce que je fis le lendemain pour la remercier pour son réconfort et lui dire ma joie de ne plus avoir pleuré. J'en profitai pour tenter de clarifier le second élément qui m'avait troublée :

« Noreen, j'étais bouleversée et confuse hier, et je n'ai pas

---

[77] C'est d'ailleurs lui qui m'avait appris ces termes quand j'étais petite. J'ai des souvenirs de films que nous avons réalisés ensemble, avec des « effets spéciaux maison » dont il était très fier.

tout entendu entre le masque qui étouffait nos voix et le vent qui soufflait mais j'ai cru comprendre que tu voulais me revoir pour m'enseigner quelque chose ? À quoi faisais-tu référence ?

— C'est vrai, j'aurais besoin de te revoir pour lire en toi et confirmer ce que je ressens. Dès que j'ai croisé ton regard, j'ai su qu'il fallait que je me remette au travail pour te transmettre mes connaissances sur le monde spirituel. Au même titre que je ressens que l'on t'appelle, j'ai la conviction que je t'ai rencontrée parce qu'on me demande de te guider. Tu as une très belle âme et le potentiel d'aider le monde. Si cela t'intéresse bien sûr, et à l'échelle que tu voudras : tu es et resteras tout à fait libre de tes choix. C'est le bon timing[78], tu es prête. Le monde des esprits est un monde bienveillant, mais pour y accéder il faut que tu sois capable de lâcher toutes tes peurs. »

Vous me connaissez maintenant : moi qui ai toujours soif d'apprendre, l'offre de Noreen de m'accompagner et me montrer ce qu'elle sait m'intéresse beaucoup ! Depuis le 9 septembre 2020, je cherche sans cesse à comprendre comment développer non seulement la connexion établie avec Papa mais aussi, plus largement, mon élévation dans la spiritualité. Le jour de ma rencontre avec Noreen a marqué un deuxième tournant dans cette quête : je décidai aussitôt de mettre en œuvre toute une panoplie d'outils et de techniques pratiques pour « déblayer le terrain », travailler sur le lâcher-prise, la résilience, l'ancrage, la pleine conscience, la connaissance des énergies, etc. Cela passe beaucoup par la méditation, mais aussi par les lectures et même une thérapie. C'est un grand bonheur de le

---

[78] Noreen fait référence à la fois à l'émergence de mon éveil spirituel et aux changements qui affectent le monde : montée vibratoire de la Terre, pivot majeur et éveil de nombreuses consciences. Si ces notions vous sont inconnues et vous intéressent, je vous invite comme toujours à faire vos recherches.

faire, de me donner les moyens de m'épanouir et me réaliser au mieux, sur les plans spirituel et humain. C'est tout bénéf !

L'histoire ne s'arrête donc pas là. Le titre de cette partie n'a d'épilogue que le nom ; c'est même le début d'un nouveau chapitre…

*

« Nous ne sommes pas des êtres humains vivant une expérience spirituelle mais des êtres spirituels vivant une expérience humaine. »

(Pierre Teilhard de Chardin)

Merci...

Papa, pour tout ton amour, depuis et pour toujours. Pour m'avoir tirée d'une peine infinie et donné un nouveau regard sur la vie...ici et ailleurs. Je sais maintenant qu'on se retrouvera.

Anne-Hélène, merci d'avoir aidé à (r)établir la liaison ! Merci pour tes réponses à mes questions... parfois bizarres ! Pour tes encouragements dans mon projet d'écriture. *L'Infini Espoir* pourrait être le titre de l'aventure que je vis grâce à Papa et toi. Qu'une partie de notre histoire figure maintenant dans ton deuxième livre, *L'Infini Amour,* me semble tellement parfait.

Deb, Jean-Pierre, merci d'avoir bien joué votre rôle, à votre insu, de relais dans la grande course organisée par l'Univers pour me faire arriver à mon papa, et décrocher des records de lectures sur la spiritualité !

Merci Françoise pour ta transcription de tous les fichiers audios qui m'a fait gagner un temps précieux et m'a permis de restituer les détails de mon histoire avec fidélité.

Florence, merci pour tes précieux conseils sur la marche à suivre pour m'auto-éditer. Tu es tombée à point nommé (mais pas par hasard, n'est-ce pas !) et m'as remotivée dans la dernière ligne droite !

Borislav, tu as réussi à donner vie à la couverture de livre que j'avais en tête avec beaucoup de poésie et de talent.

Henny, tu n'as lu aucune de ces pages... Peut-être te lanceras-tu pour perfectionner ton français ou t'orienteras-tu vers une traduction de mon récit ! Merci de tout mon cœur pour ton soutien moral dans les moments où je vacille, pour ta sagesse, pour ton amour. Merci de m'avoir laissé le temps d'écrire sans me mettre de pression parce que j'ai délaissé mon travail pendant plusieurs mois pour atteindre ce but ; d'avoir compris que je ne passerais pas à autre chose avant d'y avoir entré le point final. Merci d'avoir pris le relai avec les enfants lorsque la frustration de ne pas pouvoir écrire à cause des confinements à répétition l'emportait et que je finissais par aller faire l'ermite, dans la retraite silencieuse de notre bureau, pour avancer de quelques paragraphes.

Lili, Jaden, vous êtes des rayons de soleil... Si vous saviez comme je vous aime !!

Émilie, quel honneur d'avoir été ton livre de chevet à côté de Dumas ! Tu as été ma première lectrice ! Merci pour ta relecture attentive et tes suggestions. Je t'invite à notre prochaine soirée bibimbap pour célébrer.

Sébastien, je t'ai inclus dans ce livre tout comme je t'ai embarqué dans cette aventure puisque tu as, dès le début, été à mes côtés pour m'écouter, m'épauler psychologiquement et partager amour et émerveillement. Merci de m'avoir aidée à traverser des tempêtes. Pour ta relecture également !

Maman, je ne saurai jamais comment tu as trouvé la force de nous porter mon frère et moi quand notre monde s'est effondré. Merci pour tout...

Merci Pierre, Elodie, Nicolas, Audrey, et tous ceux qui ont soutenu notre petite famille dans l'épreuve et la douleur, et continuent à apporter leur aide et leur amour. Vos gestes ne sont pas passés inaperçus.

À tous ceux qui l'ont aimé et l'aiment toujours.

À vous d'avoir lu ce récit, jusqu'à la dernière page... et jusqu'au dernier mot !

Avant de partir...

En laissant un avis sur ce récit, vous aiderez d'autres lecteurs à découvrir *Signé : Papa*, et peut-être à cheminer dans leur deuil avec un peu plus d'espoir et d'apaisement.
Alors, si vous acceptez de me faire le cadeau de deux minutes supplémentaires (ne reportez pas à plus tard, vous risqueriez d'oublier !), rendez-vous sur la page *Signé : Papa* d'Amazon (lien direct ci-dessous).
Merci infiniment.
Pour eux. Pour tout.

https://www.amazon.fr/review/create-review/?&asin=B0C4MT6FXF

*

Et si vous voulez en savoir plus sur les suites de cette fabuleuse aventure ou me contacter directement, rendez-vous sur mon site :

https://jessicatriquenot.com

Toutes mes amitiés et à bientôt j'espère,
Jessica

Printed in France by Amazon
Brétigny-sur-Orge, FR

14977589R00092